U0144287

2011 不求人文化

2009 懶鬼子英日語

I'm 識出版集團
I'm Publishing Group
www.17buy.com.tw

2006 意識文化

2005 易富文化

2004 我識地球村

2001 我識出版社

2011 不求人文化

2009 懶鬼子英日語

I'm 識出版集團
I'm Publishing Group
www.17buy.com.tw

2006 意識文化

2005 易富文化

2004 我識地球村

2001 我識出版社

我們的
日語自修課

專為日語初學者訂做的15堂課

閱讀本書的方式

《我們的日語自修課：專為日語初學者訂做的15堂課》包含4書＋1CD。
以自修課本為中心開始學習，並妥善運用下列的輔助學習工具！

| 自修課本 | 50音
習字帖 | 模擬
練習本 | 隨身手冊 | MP3光碟 |

自修課本

自修課本讓你一次學會日語50音、單字、會話、句型、文法！
別忘了搭配50音習字帖、模擬練習本、隨身手冊、MP3光碟，
一次就能學到最完整的內容！

日文的文字和發音

學習日文的平假名和片假名。

❶ 整理50音各行的特徵。

❷ 透過漫畫的諧音來記憶
　 50音。

❸ 聽MP3檔案，學習平假名
　 的五個單字。

❹ 聽MP3檔案，學習片假名
　 的五個單字。

❺ 整理每個字的發音重點。

❻別忘了
利用50音習字帖
來提升學習效果！

情境
漫畫

❶ 學習目標｜各章節的主要學
習目標。

❷ 複習｜確認是否有確實記住
前面的章節中學過的內容。

❸ 學習｜用情境漫畫預習各章
節的主要學習內容。漫畫中
會描繪登場人物時宇、由利
江、史密斯的日本生活。

❶ 核心句型｜以句型來學核心
文法。

❷ 聽力練習｜請搭配MP3光碟
來練習，本書特別請日籍老
師以「慢速」與「正常速度」
來唸句子，讓讀者更易學習
與運用於日常生活中。

❸ 說明｜詳細地解釋句型，有
時也會帶出新的文法。

❹ 祕訣｜整理了各式各樣的小
祕訣，讓讀者能夠學到最道
地的日文。

❺ 單字整理｜列出核心句型中
未提到的單字，以及例句中
出現的單字。

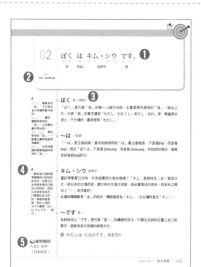

文法
說明

❶ 句型練習｜以「文法說明」
中的核心句型為基本句型，
練習多元的表達方式。利用
基本句型，替換不同的單字
來進行口語表達的練習。

❷ 跟讀學習｜跟著MP3進行核
心句型和口語表達的練習。

❸ 學更多單字｜列舉出核心句
型與例句中出現過的單字。

❹ 正確答案｜自修課本最後面
附有「句型練習」的正解以
供參考。

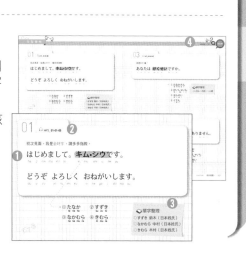

句型
練習

會話練習

❶ 聽力｜特別請日籍老師錄製「慢速」與「正常速度」兩種版本。

❷ 會話｜網羅了在「文法說明」和「句型練習」中的學習內容來組成會話。

❸ 動筆寫寫看｜回想曾經學習過的內容，動筆寫下涵義。

❹ 解析｜會話的解析，可以與自己動筆寫的涵義作比較。

❺ 單字整理｜整理了會話中出現的單字。

❻ おまけ！再加一個！｜「おまけ」是「再一個」的意思。追加整理了其他日文的用法。

題目練習

趣味日本小故事

用各章節的核心學習內容來編寫題目，提筆寫字有助於記憶。

關於日本的文化或語言等等的趣味小故事，學習日文之餘還能認識日本文化。

REVIEW TEST

在學習完兩到三個章節後，皆設有REVIEW TEST，可測驗自己是否完全理解學習過的內容，學完立即驗收成果，並附有詳盡解答。

1. 邊寫邊記５０音，學習效果加倍。
2. 字帖最後附有空白50音表，學完後可測驗５０音的熟練度。

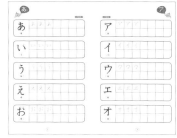

1. 針對自修課本中的每一課的學習內容，規劃最完善的練習題。
2. 學習完一個章節後，可以在模擬練習本中進行解題，在最後面附有詳盡解答。

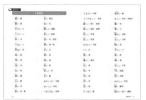

1. 根據自修課本整理出文法重點，並附有文法筆記，可整理出自己專屬的文法重點。
2. 特別收錄重要單字，讓你走到哪背到哪。
3. 自修課本會話練習搭配MP3，效果更超群。

特地邀請日籍老師親自錄音，馬上提升日語聽、說能力，也能利用零碎的時間重複聆聽MP3，更熟悉日本人的發音。

1. 自修課本：五十音的發音
   MP3檔名→
   01-001～01-040

2. 自修課本：Chapter 1~15
   MP3檔名→
   01-01-01～01-15-10

3. 模擬練習本
   MP3檔名→
   02-01-01～02-15-03

4. 隨身手冊
   MP3檔名→
   03-01-01～03-16

本書附贈CD片
內容音檔為MP3格式

搭配MP3學習的方法

1. 自修課本：五十音的發音
   學習最基礎的五十音發音，一定要聆聽MP3並且跟讀學習，打好基礎後，之後的學習就能事半功倍。

2. 自修課本：Chapter 1~15
   收錄了核心句型與口語表達的練習，更特別請日籍老師錄製「慢速」與「正常速度」兩種版本，有助於初學者學習。

3. 模擬練習本
   收錄聽力練習的所有題目。寫練習題時不只能訓練日文的讀寫能力，更能提升聽力程度。

4. 隨身手冊
   每組會話錄音都有兩個版本，第一個版本是普通速度的會話。第二個版本是較慢速度的會話。03-16則為全部會話的完整收錄。

1. 自修課本：五十音的發音	檔案資料夾
2. 自修課本：Chapter 1~15	檔案資料夾
3. 模擬練習本	檔案資料夾
4. 隨身手冊	檔案資料夾

作者序

　　雖然每個人學習日語的理由各不相同，但只要下定決心去做，就是好的開始。在這裡替各位勇於挑戰的讀者獻上熱烈的掌聲。

　　相較於其他西方國家的語言，日語是較容易學習的第二外語，對許多人來說，剛開始很容易學習。然而學了一陣子後，會有不少學習者發現，學日語其實比想像中還要困難。因為想自學日語，所以選擇了本書，正在閱讀本文的各位讀者，不管是完全沒學過日語，或是學過一點點日語，對大家來說，日語就是外文。外文不是一朝一夕就能學好的，而是每天學習後才能逐漸熟練。因此既然想要學習日語，那麼就必須下定決心，持續不斷地努力。

　　《我們的日語自修課：專為日語初學者訂做的15堂課》，是在思考「學習者若想持之以恆地學習日語，該怎麼做？」的苦思下製作出的書。該怎麼做，才能持續不斷地學習日語呢？答案是「書本應該要簡單」。因此，為了不讓初學者感到疲憊，本書特別設計成初學者也可以輕鬆學習的份量，可以讓初學者跟上一開始文法比較困難的學習初期，並且也不給予過多的單字而加重學習負擔。

　　本書在章節中間加入複習頁面，讓讀者在確實地熟讀曾經學過的內容後，再進入下一階段。確實地學習完一個階段，踏實地記下每一個文法、單字、會話。這不就是學習的祕密？

　　進入日文之路的各位讀者，雖然會有很多困難的關卡，就算覺得煩悶時，也要持續努力，就算遇到困難時，也要繼續往前進。持續不斷地前進，最後就能遇見那個可以說出流暢日語的自己。希望本書能成為進入日文之路的讀者們的旅伴。

金妍秀

目錄

CHAPTER 1 はじめまして。　初次見面。 050
　名詞 です
　名詞 ですか
　名詞 じゃ ありません

CHAPTER 2 これは なんですか。　這是什麼？ 062
　これ・それ・あれ・どれ
　名詞 の 名詞
　名詞 の
　名詞 のです

CHAPTER 3 あそこはどこですか。　那是哪裡？ 074
　ここ・そこ・あそこ・どこ
　名詞 でした
　名詞 じゃ ありませんでした

　CHAPTER 1~3 REVIEW 086
　REVIEW TEST 087

Contents

學習計畫表

Day 1　　　　月　　日	Day 2　　　　月　　日	Day 3　　　　月　　日
□ 自修課本 p.15~p.29 　文字和發音 清音（あ行、か行、さ行、た行、な行） □ 50音習字帖 p.2~p.11	□ 自修課本 p.30~p.39 　文字和發音 清音（は行、ま行、や行、ら行、わ行、ん） □ 50音習字帖 p.12~21	□ 自修課本 p.40~p.48 　文字和發音 濁音、半濁音、拗音、長音、促音 □ 50音習字帖 p.22~39

Day 7　　　　月　　日	Day 8　　　　月　　日	Day 9　　　　月　　日
□ 自修課本 p.62~p.73 　CHAPTER 2 これは　なんですか。 □ 模擬練習本 p.6~p.9	□ 自修課本 p.74~p.85 　CHAPTER 3 あそこは　どこですか。 □ 模擬練習本 p.10~p.13	□ 自修課本 p.86~p.89 　REVIEW TEST CHAPTER 1~3 複習

Day 13　　　　月　　日	Day 14　　　　月　　日	Day 15　　　　月　　日
□ 自修課本 p.114~p.125 　CHAPTER 6 きれいな　スカートですね。 □ 模擬練習本 p.22~p.25	□ 自修課本 p.126~p.137 　CHAPTER 7 かんたんじゃ　ありませんでした。 □ 模擬練習本 p.26~p.29	□ 自修課本 p.138~p.141 　REVIEW TEST CHAPTER 4~7 複習

Day 19　　　　月　　日	Day 20　　　　月　　日	Day 21　　　　月　　日
□ 自修課本 p.166~p.169 　REVIEW TEST CHAPTER 8~9 複習	跟上落後的進度／休息	□ 自修課本 p.170~p.181 　CHAPTER 10 何時に　起きますか。 □ 模擬練習本 p.38~p.41

Day 25　　　　月　　日	Day 26　　　　月　　日	Day 27　　　　月　　日
跟上落後的進度／休息	□ 自修課本 p.210~p.221 　CHAPTER 13 ゆっくり　休んで　ください。 □ 模擬練習本 p.50~p.53	□ 自修課本 p.223~p.233 　CHAPTER 14 何を　して　いますか。 □ 模擬練習本 p.54~p.57

Day 4 月 日	Day 5 月 日	Day 6 月 日
□ 50音習字帖p.40~p.53	跟上落後的進度／休息	□ 自修課本p.50~p.61 CHAPTER 1 はじめまして。 □ 模擬練習本p.2~p.5
Day 10 月 日	**Day 11** 月 日	**Day 12** 月 日
跟上落後的進度／休息	□ 自修課本p.90~p.101 CHAPTER 4 やすくて おいしいです。 □ 模擬練習本p.14~p.17	□ 自修課本p.102~p.113 CHAPTER 5 しんせんで おいしいです。 □ 模擬練習本p.18~p.21
Day 16 月 日	**Day 17** 月 日	**Day 18** 月 日
跟上落後的進度／休息	□ 自修課本p.142~p.153 CHAPTER 8 何が ありますか。 □ 模擬練習本p.30~p.33	□ 自修課本p.154~p.165 CHAPTER 9 誰が いますか。 □ 模擬練習本p.34~p.37
Day 22 月 日	**Day 23** 月 日	**Day 24** 月 日
□ 自修課本p.182~p.193 CHAPTER 11 電車で 行きます。 □ 模擬練習本p.42~p.45	□ 自修課本p.194~p.205 CHAPTER 12 映画を 見ましたか。 □ 模擬練習本p.46~p.49	□ 自修課本p.206~p.209 REVIEW TEST CHAPTER 10~12 複習
Day 28 月 日	**Day 29** 月 日	**Day 30** 月 日
□ 自修課本p.234~p.245 CHAPTER 15 話しても いいです。 □ 模擬練習本p.58~p.61	□ 自修課本p.246~p.249 REVIEW TEST CHAPTER 13~15 複習	跟上落後的進度／休息

特別說明

第一章到第九章皆有標示羅馬拼音

在熟悉日文的文字之前請參考羅馬拼音。但是用羅馬拼音來標示日文發音，有時會有正確性上的限制，因此請盡可能用MP3檔案來確認日文的發音。

「長音」與「促音」的羅馬拼音

「長音」的羅馬拼音要看前面接的詞決定。如果「長音」是接コ（ko），則重複後面的 o，標示為 koo。如果是接タ（ta），則重複後面的 a，標示為 taa。

「促音」的羅馬拼音要看後面接的詞決定。如果「促音」是接て（te），則重複前面的 t，標示為 tte。如果是接こ（ko），則重覆前面的 k，標示為 kko。

第一章到第七章不標示漢字

因為要先熟悉平假名和片假名，因此第一章到第七章不會標示漢字。從第八章起會有漢字附有平假名的閱讀方法，在學習時請盡可能只看漢字而非平假名來練習。

日文的標示使用空格

基本上日本人使用日文時沒有空格，因為是和漢字、片假名一起書寫，即使沒有空格也能了解該如何斷句。然而本書為了減少學習日文時的負擔，在第七章前不會標示漢字。且為了便於學習，全部都採空格標示。

日文的文字
與發音

關於日文的文字

日文使用平假名、片假名、漢字等三種文字標示。

片假名

漢字

平假名

說明交通巴士路線的傳單

◎ 平假名（ひらがな）

以漢字草書體為基礎的字。推測是九世紀時創立，主要使用者為女性，因此又稱為女性文字。
現代日本印刷、筆記所有情況下使用的基本文字。

例　以 → い　　　　　　宇 → う
　　　　i　　　　　　　　　　u

　　加 → か　　　　　　幾 → き
　　　　ka　　　　　　　　　ki

　　計 → け　　　　　　毛 → も
　　　　ke　　　　　　　　　mo

○ 片假名（カタカナ）

借用漢字的一部分所製作的文字，用來標示外來語、電報、擬聲語、擬態語、動植物的名稱，會在需要特別強調的情況下使用。日文的外來語發音有很多和原語的發音不同，須特別留意。直接對日本人用原語發音，很多時候是無法溝通的，請熟悉日式發音，才能順利溝通。

例 阿 → ア
　　　　a

　　加 → カ
　　　　ka

　Hotel → ホテル　飯店
　　　　　ho te ru

　Coffee → コーヒー　咖啡
　　　　　koo　hii

　泡菜 → キムチ
　　　　ki mu chi

　韓文 → ハングル
　　　　ha n gu ru

○ 漢字

中文的漢字只讀音。然而日文漢字不僅要讀音，還要讀意思。讀音稱之為「音讀」或「訓讀」。日文的漢字，一個字也有兩種以上音讀和訓讀的情況。

例　訓讀　山(やま)　山
　　　　　ya ma

　　　　　花 (はな)　花
　　　　　　ha na

　　音讀　富士山(ふじさん)　富士山
　　　　　　fu ji sa n

　　　　　花瓶 (かびん)　花瓶
　　　　　　ka bi n

也有一個單字內混合「音讀」和「訓讀」的情況。

例　每朝(まい あさ)　每天早上
　　　　mai　a sa
　　　　音讀　訓讀

　　消印(けし いん)　郵戳
　　　　ke shi i n
　　　　訓讀　音讀

日文的部分漢字和台灣使用的漢字標示不同。

　　　　　　中文　日文
例　學習 →　學　学

　　來　→　來　来

五十音表

五個字排列成十行的日文文字表稱為「五十音表」。

○ 平假名五十音表 🎧 MP3_01-001

	あ行	か行	さ行	た行	な行	は行	ま行	や行	ら行	わ行	
あ段	あ [a]	か [ka]	さ [sa]	た [ta]	な [na]	は [ha]	ま [ma]	や [ya]	ら [ra]	わ [wa]	ん [n]
い段	い [i]	き [ki]	し [shi]	ち [chi]	に [ni]	ひ [hi]	み [mi]		り [ri]		
う段	う [u]	く [ku]	す [su]	つ [tsu]	ぬ [nu]	ふ [hu/fu]	む [mu]	ゆ [yu]	る [ru]		
え段	え [e]	け [ke]	せ [se]	て [te]	ね [ne]	へ [he]	め [me]		れ [re]		
お段	お [o]	こ [ko]	そ [so]	と [to]	の [no]	ほ [ho]	も [mo]	よ [yo]	ろ [ro]	を [o]	

○ 片假名五十音表 🎧 MP3_01-002

	ア行	カ行	サ行	タ行	ナ行	ハ行	マ行	ヤ行	ラ行	ワ行	
ア段	ア [a]	カ [ka]	サ [sa]	タ [ta]	ナ [na]	ハ [ha]	マ [ma]	ヤ [ya]	ラ [ra]	ワ [wa]	ン [n]
イ段	イ [i]	キ [ki]	シ [shi]	チ [chi]	ニ [ni]	ヒ [hi]	ミ [mi]		リ [ri]		
ウ段	ウ [u]	ク [ku]	ス [su]	ツ [tsu]	ヌ [nu]	フ [hu/fu]	ム [mu]	ユ [yu]	ル [ru]		
エ段	エ [e]	ケ [ke]	セ [se]	テ [te]	ネ [ne]	ヘ [he]	メ [me]		レ [re]		
オ段	オ [o]	コ [ko]	ソ [so]	ト [to]	ノ [no]	ホ [ho]	モ [mo]	ヨ [yo]	ロ [ro]	ヲ [o]	

行 上述五十音表的直列稱之為「行」，取各行的第一個字稱之為「行」。舉例來說，「か行」是指「か、き、く、け、こ」，取第一個字稱之為「か行」。

段 上述五十音表的橫列稱之為「段」，這也是取該列的第一個字，稱之為「　段」。段當中有「あ段、い段、う段、え段、お段」五種，「あ段」是指屬於該段的字都是以「a」母音結尾。

濁音 🎧 MP3_01-003

	が行	ざ行	だ行	ば行
あ段	が [ga]	ざ [za]	だ [da]	ば [ba]
い段	ぎ [gi]	じ [ji]	ぢ [ji]	び [bi]
う段	ぐ [gu]	ず [zu]	づ [zu]	ぶ [bu]
え段	げ [ge]	ぜ [ze]	で [de]	べ [be]
お段	ご [go]	ぞ [zo]	ど [do]	ぼ [bo]

	ガ行	ザ行	ダ行	バ行
ア段	ガ [ga]	ザ [za]	ダ [da]	バ [ba]
イ段	ギ [gi]	ジ [ji]	ヂ [ji]	ビ [bi]
ウ段	グ [gu]	ズ [zu]	ヅ [zu]	ブ [bu]
エ段	ゲ [ge]	ゼ [ze]	デ [de]	ベ [be]
オ段	ゴ [go]	ゾ [zo]	ド [do]	ボ [bo]

半濁音 🎧 MP3_01-004

	ぱ行
あ段	ぱ [pa]
い段	ぴ [pi]
う段	ぷ [pu]
え段	ぺ [pe]
お段	ぽ [po]

	パ行
ア段	パ [pa]
イ段	ピ [pi]
ウ段	プ [pu]
エ段	ペ [pe]
オ段	ポ [po]

半濁音只有
ぱ行而已。

あ 行

あ行的發音雖然和中文的「ㄚ、ㄧ、ㄨ、ㄟ、ㄛ」很類似，然而う不是將嘴巴嘟成圓形發出聲音，而是嘴型呈扁平狀發音。

◎ 用諧音搭配故事記住50音。

・あ北：阿伯。

・い個：一個。

・う哇：嗚哇。

・え錢：A錢。　・お：喔。

あ行 **あいうえお**
🎧 MP3_01-005　[a]　[i]　[u]　[e]　[o]

□ あい 愛
　 a i

□ いえ 家
　 i e

□ うえ 上面
　 u e

□ え 畫
　 e

□ あおい 藍色
　 a o i

ア行 **アイウエオ**
🎧 MP3_01-006　[a]　[i]　[u]　[e]　[o]

□ アイス 冰
　 a i su

□ インク 墨水
　 i n ku

□ ウイルス 病毒
　 u i ru su

□ エアコン 空調
　 e a ko n

□ オイル 油
　 o i ru

發音重點

あ｜ア 和「ㄚ」的發音幾乎一樣。

い｜イ 和「ㄧ」的發音幾乎一樣。

う｜ウ あ行中最需要注意的發音。注音符號中的「ㄨ」是將嘴巴嘟成圓形發出
　　　聲音，然而日文的う發音不是將嘴嘟成圓形，而是嘴型呈扁平狀發音。

え｜エ 和「ㄟ」的發音幾乎一樣。

お｜オ 和「ㄛ」幾乎相似，不嘟嘴唇發音。

か _行

か 行子音出現在詞首時，發音需發送氣音 [kʰ]，出現在詞中與詞尾時，發音不送氣。

◎ 用諧音搭配故事記住五十音。

· か啡：咖啡。　· 冷き：冷氣。（台語）

· く巴：古巴。

· け到：K 到。

· こ愛：可愛。

か行	か	き	く	け	こ
MP3_01-007	[ka]	[ki]	[ku]	[ke]	[ko]

☐ **あかい** 紅色
　　a ka i

☐ **あき** 秋天
　　a ki

☐ **きく** 菊花
　　ki ku

☐ **いけ** 水池
　　i ke

☐ **ここ** 這裡
　　ko ko

カ行	カ	キ	ク	ケ	コ
MP3_01-008	[ka]	[ki]	[ku]	[ke]	[ko]

☐ **カメラ** 相機
　　ka me ra

☐ **キッチン** 廚房
　　ki cchi n

☐ **クッキング** 烹飪、
　　ku kki n gu 料理

☐ **カラオケ** 卡拉OK
　　ka ra o ke

☐ **ココア** 可可亞
　　ko ko a

發音重點

か｜カ 羅馬發音為「ka」，實際上發音介於「ga」和「ka」之間。實際聽日本人的發音比「ka」弱。か在單字中間或詞尾發「kka」。

き｜キ 和か一樣，發音比「gi」強，比「ki」弱。

く｜ク 是介於「gu」和「ku」的發音。

け｜ケ 是介於「ge」和「ke」的發音。

こ｜コ 是介於「go」和「ko」的發音。

さ 行

さ行的發音和「sa、shi、su、se、so」很類似。然而す是介於注音符號「ㄙ」和「su」中間的發音,要特別注意。

◎ 用諧音搭配故事記住五十音。

妳要喝さ瓦嗎?

し管呢?

・さ瓦:沙瓦。 ・し管:吸管

這裡連す皮濃湯都沒有,我要走了。

是せ說這間餐廳什麼都有的…

虧我還精心そ集那麼多餐廳,結果還是…

・す皮濃湯:酥皮濃湯。 ・せ說:誰說。 ・そ集:蒐集。

さ 行
🎧 MP3_01-009

さ [sa]　し [shi]　す [su]　せ [se]　そ [so]

□ あさ 早晨
　a sa

□ しお 鹽
　shi o

□ いす 椅子
　i su

□ せき 座位
　se ki

□ そこ 那裡
　so ko

サ 行
🎧 MP3_01-010

サ [sa]　シ [shi]　ス [su]　セ [se]　ソ [so]

□ サイズ 尺寸
　sa i zu

□ システム 系統
　shi su te mu

□ スタイル 風格
　su ta i ru

□ セーター 毛衣
　see taa

□ ソース 來源
　soo su

🔲 發音重點

さ｜サ 和「sa」的發音幾乎一樣。
し｜シ 相較於「si」，更接近「shi」的發音，發音時舌頭應貼著下方。
す｜ス 相較於「su」，更貼近「s」的發音。嘴唇不是圓形的，也不要太突出。
せ｜セ 和「se」的發音幾乎一樣。
そ｜ソ 和「so」的發音幾乎一樣。

清音「清澈聲音的意思」

た行

た行的發音在單字前是發「t」的音，在單字中間或後面，則是接近「d」的發音。

○ 用諧音搭配故事記住五十音。

た是泰山。

・た：他。

和猩猩站在一ち。

・一ち：一起。

用端正的つ勢開著車。

・つ勢：姿勢。

他們開車玩了一整て。

・整て：整天。

原來車是と來的，隔天就上頭條了。

・と來：偷來。

た行 🎧 MP3_01-011

た	ち	っ	て	と
[ta]	[chi]	[tsu]	[te]	[to]

□ たかい 昂貴
　 ta ka i

□ ちち 父親
　 chi chi

□ つくえ 書桌
　 tsu ku e

□ て 手
　 te

□ とき 時間
　 to ki

タ行 🎧 MP3_01-012

タ	チ	ツ	テ	ト
[ta]	[chi]	[tsu]	[te]	[to]

□ タイ 泰國
　 ta i

□ チキン 雞肉
　 chi ki n

□ ツイン 雙胞胎
　 tsu i n

□ テント 帳篷
　 te n to

□ トイレ 廁所
　 to i re

 發音重點

た｜タ 雖然是接近「ta」的發音，然而在單字中間或詞尾時要發「da」。

ち｜チ 相較「chi」，其實更接近「ji」的發音。

つ｜ツ 舌頭頂到門牙後方和牙齦的交界線，輕輕地發出「tsu」的音。

て｜テ 於詞首發「te」的音，於詞中或詞尾則要發「de」。

と｜ト 是介於「to」和「do」中間的發音，但比較接近「to」。於詞中或詞尾要發「do」。

な行

な行的發音發「na、ni、nu、ne、no」。

◉ 用諧音搭配故事記住五十音。

樵夫**な**著一把斧頭。

・な著：拿著。

に要把衣服藏去哪裡？

・に要：你要。

你就算再怎麼**ぬ**力藏也沒用。

・ぬ力：努力。

因為我們的**ね**衣早就收起來了。

・ね衣：內衣。

の！那我該不會是拿到她的吧？！

・の！：NO！

な行 ⌒ MP3_ 01-013	な	に	ぬ	ね	の
	[na]	[ni]	[nu]	[ne]	[no]

□ **なく** 哭泣
na ku

□ **にし** 西邊
ni shi

□ **いぬ** 狗
i nu

□ **ねこ** 貓
ne ko

□ **のり** 海苔
no ri

ナ行 ⌒ MP3_ 01-014	ナ	ニ	ヌ	ネ	ノ
	[na]	[ni]	[nu]	[ne]	[no]

□ **ナース** 護士
naa su

□ **ニーズ** 需求
nii zu

□ **ヌードル** 麵
nuu do ru

□ **ネーム** 名字
nee mu

□ **ノート** 筆記
noo to

發音重點

な|ナ 和「na」的發音幾乎一致。
に|ニ 和「ni」的發音幾乎一致。
ぬ|ヌ 和「nu」的發音幾乎一致。
ね|ネ 和「ne」的發音幾乎一致。
の|ノ 和「no」的發音幾乎一致。

は 行

は行的發音和「ㄏ」很類似。其中ふ是介於「hu」和「fu」之間的發音，請特別留意。

◎ 用諧音搭配故事記住五十音。

・は囉：哈囉。　　・ひ嘻：嘻嘻。　・皮ふ：皮膚。

・へ嘿：嘿嘿。　　　　・ほ悔：後悔。

は行	は	ひ	ふ	へ	ほ
🎧 MP3_01-015	[ha]	[hi]	[fu / hu]	[he]	[ho]

- □ はな 花
  ha na
- □ ひと 人
  hi to
- □ ふね 船，船舶
  fu ne
- □ へそ 肚臍
  he so
- □ ほし 星星
  ho shi

ハ行	ハ	ヒ	フ	ヘ	ホ
🎧 MP3_01-016	[ha]	[hi]	[fu / hu]	[he]	[ho]

- □ ハイキング 健行
  ha i ki n gu
- □ ヒーロー 英雄
  hii roo
- □ マフラー 圍巾
  ma fu raa
- □ ヘア 頭髮
  he a
- □ ホテル 飯店
  ho te ru

發音重點

は｜ハ 和「ha」的發音幾乎一致。
ひ｜ヒ 和「hi」的發音幾乎一致。
ふ｜フ 介於「hu」和「fu」之間的發音。
へ｜ヘ 和「he」的發音幾乎一致。
ほ｜ホ 和「ho」的發音幾乎一致。

ま 行

ま 行的發音和「ma、mi、mu、me、mo」很類似。

◎ 用諧音搭配故事記住五十音。

・ま媽：媽媽。　・み著：瞇著。　・む親：母親。

・め妹：妹妹。

・も個：某個。

50音習字帖 p.14

ま行	ま	み	む	め	も
🎧 MP3_ 01-017	[ma]	[mi]	[mu]	[me]	[mo]

□ たま　珠子
　 ta ma

□ みみ　耳朵
　 mi mi

□ むすこ　兒子
　 mu su ko

□ め　眼睛
　 me

□ もち　麻糬
　 mo chi

マ行	マ	ミ	ム	メ	モ
🎧 MP3_ 01-018	[ma]	[mi]	[mu]	[me]	[mo]

□ マイク　麥克風
　 ma i ku

□ ミルク　牛奶
　 mi ru ku

□ ホームラン　全壘打
　 hoo mu ra n

□ メロン　甜瓜
　 me ro n

□ モデル　模特兒；模型
　 mo de ru

發音重點

ま｜マ 和「ma」的發音幾乎一致。
み｜ミ 和「mi」的發音幾乎一致。
む｜ム 和「mu」的發音幾乎一致。
め｜メ 和「me」的發音幾乎一致。
も｜モ 和「mo」的發音幾乎一致。

や行是日文的半母音，和「ya、yu、yo」的發音一樣。其中要注意ゆ發音時，嘴巴不會呈圓形。

○ 用諧音搭配故事記住五十音。

· 東山や頭：東山鴨頭。

· ゆ know：you know。

· よ呀：有呀。

や行 ‧ MP3_01-019

や [ya]　　ゆ [yu]　　よ [yo]

□ やさい 蔬菜
　ya sa i

□ ゆき 雪
　yu ki

□ よこ 旁邊
　yo ko

ヤ行 ‧ MP3_01-020

ヤ [ya]　　ユ [yu]　　ヨ [yo]

□ ヤクルト 養樂多
　ya ku ru to

□ ユーザー 消費者，
　yuu　　zaa 使用者

□ ヨガ 瑜珈
　yo ga

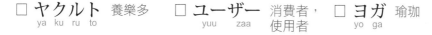

發音重點

や‧ヤ 和「ya」的發音幾乎一樣。

ゆ‧ユ 和「yu」的發音幾乎一樣，但是發音時嘴型是平的。

よ‧ヨ 和「yo」的發音幾乎一樣，但是發音時嘴型是平的。

ら 行

ら行的子音發音和「ra、ri、ru、re、ro」一樣。但要注意る發音時，不將嘴唇嘟成圓形。

◎ 用諧音搭配故事記住五十音。

ら 啦隊練舞時，一定不能缺少錄音機。

・ら啦隊：啦啦隊。

尤其在舞蹈教室 り 面，聲音效果最好。

・り面：裡面。

只要 る 音機的品質好，聽什麼都好聽！

・る音機：錄音機。

跳什麼舞都行，芭 れ 舞也行！

機器人舞當然也行 ろ ！

・芭れ舞：芭蕾舞。　・也行ろ：也行囉。

ら行 らりるれろ

🎧 MP3_ 01-021

[ra] [ri] [ru] [re] [ro]

□ さくら 櫻花
　 sa ku ra

□ りす 松鼠
　 ri su

□ くるま 車
　 ku ru ma

□ れんあい 戀愛
　 re n a i

□ いろ 色，顏色
　 i ro

ラ行 ラリルレロ

🎧 MP3_ 01-022

[ra] [ri] [ru] [re] [ro]

□ ライバル 競爭對手
　 ra i ba ru

□ リボン 緞帶
　 ri bo n

□ タオル 毛巾
　 ta o ru

□ レモン 檸檬
　 re mo n

□ ロシア 俄羅斯
　 ro shi a

發音重點

ら｜ラ 和「ra」的發音幾乎一樣。

り｜リ 和「ri」的發音幾乎一樣。

る｜ル 和「ru」的發音幾乎一樣。但是發音時嘴型是平的。

れ｜レ 和「re」的發音幾乎一樣。

ろ｜ロ 和「ro」的發音幾乎一樣。

わ 行

わ 和中文的「哇」發音很類似。を和あ行的お發音相同，然而只當作助詞使用，在這一點上和お不同。

ん 行

ん讀音為「n」，但幾乎不會出現在詞首，接在其他音後面發「m、n、o」等音。

◎ 用諧音搭配故事記住五十音。

· わ啊：哇啊。

· を爸：歐爸。（韓國用語）

· ん！：嗯！

50音習字帖 p.20

わ行 **わ を**
🎧 MP3_01-023 [wa]　[o / wo]

ワ行 **ワ ヲ**
🎧 MP3_01-024 [wa]　[o / wo]

☐ **わいろ** 賄賂
　 wa i ro

☐ **〜を** 〜助詞
　 wo

☐ **ワイフ** 妻子
　 wa i fu

ん行 **ん**
🎧 MP3_01-025 [n]

ン行 **ン**
🎧 MP3_01-026 [n]

☐ **うんめい** 命運
　 u n me i

☐ **てんき** 天氣
　 te n ki

☐ **アンテナ** 天線
　 a n te na

☐ **センス** 感覺
　 se n su

 發音重點

わ｜ワ 和中文的「哇」發音很類似，但是嘴型不會張得太大，柔和的發音會比
　　　 較自然。
を｜ヲ を和お的發音雖然相同，然而を基本上是當作助詞使用，用來承接句子
　　　 的主詞。
ん｜ン 雖然讀音為「n」，但幾乎不會出現在詞首，接在其他音後面發「m、n、
　　　 ○」等音。

 **濁音** 是在假名上加上濁點符號（ ゛）的文字。

が行

が 行的子音發音和英文的 [g] 一樣。在東京地區，單字中間或是詞尾有が行文字時，該子音的發音發 [ŋ]，然而最近日本的年輕人有再次發音為 [g] 的趨勢。

50音習字帖 p.22

が行	が	ぎ	ぐ	げ	ご
🎧 MP3_01-027	[ga]	[gi]	[gu]	[ge]	[go]

☐ がか 畫家
ga ka

☐ かぎ 鑰匙
ka gi

☐ かぐ 家具
ka gu

☐ かげ 陰影
ka ge

☐ あご 下巴
a go

ガ行	ガ	ギ	グ	ゲ	ゴ
🎧 MP3_01-028	[ga]	[gi]	[gu]	[ge]	[go]

☐ ガイド 導遊；旅遊指南
ga i do

☐ ギター 吉他
gi taa

☐ グッズ 商品
gu zzu

☐ ゲート 大門
gee to

☐ ゴリラ 大猩猩
go ri ra

ざ 行

中文裡沒有ざ行的對應發音，容易發錯。維持前面學過的「さ、し、す、せ、そ」發音的嘴型，並且震動聲帶發音。

50音習字帖 p.24

| ざ 行 🎧 MP3_01-029 | ざ
[za] | じ
[ji] | ず
[zu] | ぜ
[ze] | ぞ
[zo] |

□ ざぶとん 坐墊
za bu to n

□ ちず 地圖
chi zu

□ ぞう 大象
zo u

□ すじ 血管；筋
su ji

□ かぜ 風
ka ze

| ザ 行 🎧 MP3_01-030 | ザ
[za] | ジ
[ji] | ズ
[zu] | ゼ
[ze] | ゾ
[zo] |

□ デザイン 設計
de za i n

□ ズボン 褲子
zu bo n

□ リゾート 度假村
ri zoo to

□ ジーンズ 牛仔褲
jii n zu

□ ゼリー 果凍
ze rii

濁音 是在假名上加上濁點符號（ ゛）的文字。

だ行

だ行的「だ、で、ど」的子音發音和英文的[d]一樣。「ぢ」和「じ」發音相同，「づ」和「ず」發音相同，目前除了特別的情況外，不會使用「ぢ」和「づ」。

50音習字帖 p.26

だ行 🎧 MP3_01-031	だ [da]	ぢ [ji]	づ [zu]	で [de]	ど [do]

- □ だいすき 非常喜歡
  da i su ki
- □ つづく 繼續
  tsu zu ku
- □ いど 井
  i do

- □ はなぢ 鼻血
  ha na ji
- □ そで 袖子
  so de

ダ行 🎧 MP3_01-032	ダ [da]	ヂ [ji]	ヅ [zu]	デ [de]	ド [do]

- □ ダンス 跳舞
  da n su
- □ ドル 美金
  do ru

- □ デパート 百貨公司
  de paa to

ば^行

ば 行的子音發音雖然和中文的「八、逼、bu、杯、bo」很類似，
然而和中文不同，需要震動聲帶發音。

50音習字帖 p.28

ば^行 ばびぶべぼ

🎧 MP3_01-033

ば	び	ぶ	べ	ぼ
[ba]	[bi]	[bu]	[be]	[bo]

□ はば 幅；寬度
ha ba

□ ぶた 豬
bu ta

□ ぼうし 帽子
bo u shi

□ えび 蝦子
e bi

□ くちべに 唇膏
ku chi be ni

バ^行 バビブベボ

🎧 MP3_01-034

バ	ビ	ブ	ベ	ボ
[ba]	[bi]	[bu]	[be]	[bo]

□ バス 巴士
ba su

□ ラブレター 情書
ra bu re taa

□ ボーカル 聲樂；歌唱
boo ka ru

□ ビール 啤酒
bii ru

□ ベル 鈴；鐘
be ru

ぱ行

ぱ行的發音介於英文的 [p] 和注音符號「ㄆ」中間的音。「ぱ、ぴ、ぷ、ぺ、ぽ」稱為「半濁音」。

50音習字帖 p.30

ぱ行	ぱ	ぴ	ぷ	ぺ	ぽ
MP3_01-035	[pa]	[pi]	[pu]	[pe]	[po]

□ **はっぱ** 葉子
ha ppa

□ **きっぷ** 票券
ki ppu

□ **たんぽぽ** 蒲公英
ta n po po

□ **ぴかぴか** 閃閃發亮
pi ka pi ka

□ **ほっぺた** 臉頰
ho ppe ta

パ行	パ	ピ	プ	ペ	ポ
MP3_01-036	[pa]	[pi]	[pu]	[pe]	[po]

□ **パイプ** 管子
pa i pu

□ **プリン** 布丁
pu ri n

□ **ポイント** 要點；得分
po i n to

□ **ピアノ** 鋼琴
pi a no

□ **ペーパー** 紙
pee paa

拗音 🎧 MP3_01-037

半母音「や、ゆ、よ」搭配另一個假名一起寫時，和該假名一起發音，稱之為「拗音」。會在い除外的い段音之後並列書寫。此時「や、ゆ、よ」要寫得比前面的字小一點。

50音習字帖 p.32

きゃ	キャ	しゃ	シャ	ちゃ	チャ	にゃ	ニャ	ひゃ	ヒャ
[kya]	[kya]	[sha]	[sha]	[cha]	[cha]	[nya]	[nya]	[hya]	[hya]
きゅ	キュ	しゅ	シュ	ちゅ	チュ	にゅ	ニュ	ひゅ	ヒュ
[kyu]	[kyu]	[shu]	[shu]	[chu]	[chu]	[nyu]	[nyu]	[hyu]	[hyu]
きょ	キョ	しょ	ショ	ちょ	チョ	にょ	ニョ	ひょ	ヒョ
[kyo]	[kyo]	[sho]	[sho]	[cho]	[cho]	[nyo]	[nyo]	[hyo]	[hyo]

みゃ	ミャ	りゃ	リャ
[mya]	[mya]	[rya]	[rya]
みゅ	ミュ	りゅ	リュ
[myu]	[myu]	[ryu]	[ryu]
みょ	ミョ	りょ	リョ
[myo]	[myo]	[ryo]	[ryo]

ぎゃ	ギャ	じゃ	ジャ	ぢゃ	ヂャ	びゃ	ビャ	ぴゃ	ピャ
[gya]	[gya]	[ja]	[ja]	[ja]	[ja]	[bya]	[bya]	[pya]	[pya]
ぎゅ	ギュ	じゅ	ジュ	ぢゅ	ヂュ	びゅ	ビュ	ぴゅ	ピュ
[gyu]	[gyu]	[ju]	[ju]	[ju]	[ju]	[byu]	[byu]	[pyu]	[pyu]
ぎょ	ギョ	じょ	ジョ	ぢょ	ヂョ	びょ	ビョ	ぴょ	ピョ
[gyo]	[gyo]	[jo]	[jo]	[jo]	[jo]	[byo]	[byo]	[pyo]	[pyo]

おきゃくさん 客人
o kya ku sa n

しゃかい 社會
sha ka i

おちゃ 茶
o cha

きょり 距離
kyo ri

しゅみ 興趣
shu mi

ちゅうしゃ 停車
chu u sha

日文的文字與發音 | 045

促音 🎧 MP3_01-038

促音就像休止符，將た行的つ寫小一點。但是發音受到後面文字的影響，和後面的子音一樣發音即可，念的時候記得要停一拍。

1 [k] 發音的情況

いっき 一口氣
i　kki

きっかけ 契機
ki　kka　ke

2 [s] 發音的情況

いっさい 一歲
i　ssa　i

さっそく 立刻
sa　sso　ku

3 [t] 發音的情況

きって 郵票
ki　tte

おっと 丈夫
o　tto

4 [p] 發音的情況

いっぱい 一杯
i　ppa　i

しっぽ 尾巴
shi　ppo

日文一個假名要念一拍。

但是拗音是兩個字念一拍。

◦ 長音 🎧 MP3_01-039

長音是將假名延長發音。長音原則上用下列方式標記。

1 あ段假名後加あ，前面的字發長音。

おばあさん 奶奶
o ba a sa n

おかあさん 母親
o ka a sa n

2 い段假名後加い，前面的字發長音。

おにいさん 哥哥
o ni i sa n

おじいさん 爺爺
o ji i sa n

3 う段假名後加う，前面的字發長音。

くうき 空氣
ku u ki

ふうぞく 風俗
fu u zo ku

4 え段假名後加え，前面的字發長音。

おねえさん 姐姐
o ne e sa n

え段假名後加い，此時い標示長音，前面的字發長音，い不發音。

せんせい 老師
se n se i

えいが 電影
e i ga

5 お段假名後加う、お，前面的字發長音。

ほうせき 寶石
ho u se ki

とおり 路
to o ri

6 片假名的長音符號用「－」標示。

コーヒー 咖啡
koo hii

サービス 服務
saa bi su

○ 撥音 🎧 MP3_01-040

撥音是指日文的ん。日文的ん跟著後面的字發音,且為一拍,發音時要特別注意。

1 ng音 ⇒ か行、が行前

はんけつ 判決 ha n ke tsu	おんがく 音樂 o n ga ku

2 n音 ⇒ さ行、ざ行、た行、だ行、な行、ら行前

けんさ 檢查 ke n sa	ねんざ 扭傷 ne n za
テント 帳篷 te n to	ねんだい 年代 ne n da i
こんにち 今天 ko n ni chi	しんらい 信賴 shi n ra i

3 m音 ⇒ ま行、ば行、ぱ行前

さんま 秋刀魚 sa n ma	しんぶん 報紙 shi n bu n
さんぽ 散步 sa n po	

4 n和ng中間的音 ⇒ あ行、は行、や行、わ行前單字最後面

まんいん 客滿 ma n i n	ほんや 書店 ho n ya
でんわ 電話 de n wa	

大致上區分為這樣,
但是每位學者的區分
會有些許不同。

金時宇
（25歲，男，韓國人）
來日本的某間大學留學。
對於社區聚會上見到的由
利汀相當有好感。
和尚・史密斯是大學朋
友。

田中由利汀
（25歲，女，日本人）
上班族女性。和社區聚會認
識的時宇相當要好。
個性善良親切。

尚・史密斯
（25歲，男，美國人）
時宇在日本認識的大學朋友。
史密斯也在日本留學。
比時宇早兩年來日本，在語言
和生活上幫時宇很多忙。

はじめまして。

初次見面。

📖 **學習目標**

■ 初次見面的問候
■ 名詞 です（是～）
■ 名詞 ですか（是～嗎?）
■ 名詞 じゃ ありません（不是～）

☑ 複習 **請將下列寫成平假名後讀讀看。** 正確答案 p. 269

☐ [a] [o]

☐ [nu] [me]

☐ [wa] [ne] [re]

☐ [sa] [ki] [chi]

☐ [ra] [ru] [ro]

01

はじめまして。
ha ji me ma shi te
初次見面

どうぞ よろしく おねがいします。
do u zo yo ro shi ku o ne ga i shi ma su
請　　　　　多多　　　　　　指教

MP3_01-01-01

はじめまして 初次見面

與初次見面的人的問候語。只能於初次見面時使用的話。

どうぞ よろしく おねがいします 請多多指教

どうぞ	よろしく	おねがいします
請	多多	指教

初次見面的人在形式上使用的問候語。但是不像「はじめまして」一樣只能於初次見面才能使用，如果有事要拜託他人時也可使用。

「どうぞよろしくおねがいします。」可縮寫為「どうぞ よろしく。」，但是不能解釋為「請多多」。請記住「どうぞ よろしく。」也有「請多指教」的意思。是常用的用法。

用「はじめまして→自我介紹 →どうぞ よろしく おねがいします」的順序完成第一次見面的問候！

02 | ぼく は キム・シウ です。
bo ku wa ki mu shi u de su
我　　助詞　　　金時宇　　　是

🎧 MP3_01-01-02

わたし　最基本的「我」，不分男女老少和場所都可使用。
わたくし　講究禮節時使用的「我」。日本歷史劇中常出現。
おれ／ぼく　男性使用的「我」。一般看日劇時就能常常聽到。
あたし　女性用撒嬌的語氣說話時使用的「我」。

ぼく 我（男性）

「ぼく」是代表「我」的第一人稱代名詞。主要是男性使用的「我」。除此之外，代表「我」的單字還有「わたし、わたくし、あたし、おれ」等，無論男女老少，不分場所，最常使用「わたし」。

～は ～助詞

「～は」是主格助詞。當作助詞使用的「は」要注意發音。不是發[ha]，而是發[wa]。因此「ぼくは」不是發 [bokuha]，而是發 [bokuwa]。非助詞的情況，發原來的發音[ha]即可。

一般自我介紹時通常會說自己的姓氏和名字。但是在日本有很多情況只說自己的姓氏。因為日本有很多姓氏，只要說出自己的姓，就能知道是誰。因此上述的句子只要說「ぼくは キムです。」即可。

キム・シウ 金時宇

還記得學習日文時，外來語要用片假名寫嗎？「キム」是將姓氏（金）寫成日文。就日本的立場而言，韓文和中文是外來語，因此要寫成片假名。姓和名之間加上「・」來作區別。
台灣和韓國都有「金」的姓氏，韓語發音為「キム」，在台灣則是念「キン」。

～です 是～

名詞後加上「です」是代表「是～」的禮貌形用法。只要在名詞的位置上放入新單字，就能有各式各樣的表現方式。

例 わたしは たなかです。我是田中。

📖 **單字整理**
たなか 田中
（日本姓氏）

03

あなた は がくせい ですか。
a na ta wa ga ku se i de su ka

你　　助詞　　　學生　　　是嗎？

🎧 MP3_ **01-01-03**

🖊 當妻子稱呼丈夫時也會使用「あなた」。接近中文的「老公」的涵義。

あなた 你

「あなた」是第二人稱代名詞，代表「你」的涵義。

がくせい 學生

「がくせい」要注意發音。看到文字似乎要念「ga-ku-se-i」，實際上日本人的發音較接近「gak-se」。「がく」發音時維持「く」的一拍即可，ku的u發得若有似無，「せい」是長音，要把「se」拉長音。

🖊 在日文當中，疑問句後面不加問號。用「～か」結尾時，即使不加問號也要視為問句。

～ですか 是～嗎？

「～ですか」是「～です」加上「か」的型態，是「是～嗎？」的意思。詢問時用的話。「です」後的「か」代表疑問、詢問的涵義。

例 あなたは たなかですか。你是田中嗎？

いいえ、わたし は がくせい
i i e wa ta shi wa ga ku se i
不　　　　　　我　　助詞　　學生

じゃ ありません。
ja a ri ma se n
不是

MP3_01-01-04

いいえ 不是

否定回答時用的話。至於肯定的回答，就是「はい」，「是」！

相較於「では」，
「じゃ」是較口語
的用法。

～じゃ ありません 不是～

名詞後加「～じゃ ありません」，是禮貌形表示否定的「不是～」。請多背單字來練習。「～じゃ」和「～では」是同樣的意思，「ありません」和「ないです」是同樣的意思。因此也有「～では ありません」、「～じゃ ないです」或「～では ないです」等用法。還有「では」的「は」是助詞「は」，發音要特別注意。不是 [deha] 而是發 [dewa]。

 回答疑問句～ですか

A　　あなたは がくせいですか。你是學生嗎？

B1 肯定 はい、わたしは がくせいです。是，我是學生。

B2 否定 いいえ、わたしは がくせいじゃ ありません。不，我不是學生。

01

🎧 MP3_**01-01-05**

初次見面。我是金時宇。請多多指教。

はじめまして。**キム・シウ**です。
ha ji me ma shi te　　ki mu shi u de su

どうぞ よろしく おねがいします。
do u zo　　yo ro shi ku　　o ne ga i shi ma su

① たなか　　② すずき
ta na ka　　　　su zu ki

③ なかむら　　④ きむら
na ka mu ra　　　ki mu ra

📖 **單字整理**

□ すずき 鈴木（日本姓氏）

□ なかむら 中村（日本姓氏）

□ きむら 木村（日本姓氏）

02

🎧 MP3_**01-01-06**

我是金時宇。

ぼくは キム・シウです。
bo ku wa　　ki mu shi u de su

① わたし　　　① たなか
wa ta shi　　　　　ta na ka

② あなた　　　② かいしゃいん
a na ta　　　　　　ka i sha i n

③ あなた　　　③ せんせい
a na ta　　　　　　se n se i

④ わたし　　　④ イ
wa ta shi　　　　　i

📖 **單字整理**

□ かいしゃいん 上班族

□ せんせい 老師

□ イ 李（韓國姓氏，
台灣姓氏念「リ」。）

03 🎧 MP3_ **01-01-07**

你是學生嗎？

あなたは がくせい ですか。
a na ta wa　ga ku se i de su ka

① たなかさん
　ta na ka sa n

② かいしゃいん
　ka i sha i n

③ せんせい
　se n se i

④ イさん
　i sa n

📖 **單字整理**
□ ～さん ～先生，～小姐

04 🎧 MP3_ **01-01-08**

不，我不是學生。

いいえ、わたしは がくせいじゃ ありません。
i i e　wa ta shi wa　ga ku se i ja　a ri ma se n

① たなか
　ta na ka

② かいしゃいん
　ka i sha i n

③ せんせい
　se n se i

④ イ
　i

➡️ 時宇和日本人由利江初次見面對話。

シウ　はじめまして。ぼく は キム•シウ です。
ha ji me ma shi te　bo ku wa　ki mu shi u de su

請翻譯

どうぞ よろしく おねがいします。
do u zo　yo ru shi ku　o ne ga i shi ma su

ゆりえ　はじめまして。わたし は たなか ゆりえ です。
ha ji me ma shi te　wa ta shi wa　ta na ka　yu ri e de su

こちらこそ どうぞ よろしく。
ko chi ra ko so　do u zo　yo ro shi ku
　　　　　我才是

シウ　あなた は がくせい ですか。
a na ta wa　ga ku se i　de su ka

ゆりえ　いいえ、わたし は がくせい じゃ ありません。
i i e　wa ta shi wa　ga ku se i　ja　a ri ma se n

かいしゃいん です。
ka i sha i n de su

おまけ! 再加一個

こちらこそ 我才是

「こちらこそ」是「我才是」的涵義，初次見面的情況下，聽到對方說「請多多指教」的話，就可以說「我才是請你多多指教」。

A どうぞ よろしく おねがいします。請多多指教。
B こちらこそ。我才是（請多多指教）。

時宇 初次見面。 我是金時宇。

　　　請多多指教。

由利江 初次見面。我是田中由利江。

　　　我才是請你多多指教。

時宇 妳是學生嗎？

由利江 不是，我不是學生。

　　　我是上班族。

📖 單字整理

- はじめまして 初次見面
- ぼく 我（男性）
- ～は ～是
- ～です 是～
- どうぞ 請
- よろしく 多多
- おねがいします 拜託
- わたし 我
- こちらこそ 我才是
- あなた 你
- がくせい 學生
- ～ですか ～是嗎？
- いいえ 不是
- ～じゃ ありません 不是～
- かいしゃいん 上班族

はじめまして。

よろしく おねがいします。

1 請將下列的句子改寫為否定句。

1 わたしは がくせいです。 → _____

2 ぼくは かいしゃいんです。 → _____

3 わたしは たなかです。 → _____

2 請回答下列問題。

1 あなたは がくせいですか。

→ はい、_____

2 あなたは せんせいですか。

→ いいえ、_____

3 あなたは かいしゃいんですか。

→ いいえ、_____

3 請將下列中文翻譯為日文。

1 我不是學生。

→ _____

2 你不是上班族。

→ _____

3 初次見面。

→ _____

有趣的日本故事

日文的稱呼

日本人在稱呼別人時，一般會在姓氏後加上「～さん」，可解釋為「～先生／小姐」。説自己名字時不會在後面加上「さん」。前輩、後輩之間打招呼，彼此稱呼時，後輩會叫前輩「○○せんぱい」（○○前輩），前輩則會叫後輩「～くん、～ちゃん」等。後輩是男性時用「～くん」，女性用「～ちゃん」的情況相當常見。也可只叫姓氏或名字。

これは なんですか。

這是什麼？

學習目標

■ **これ・それ・あれ・どれ**（這個、那個、那個、哪個）
■ 名詞 の 名詞 （～的…）
■ 名詞 の （～的）
■ 名詞 のです （～的東西）

✓ 複習 **請讀下列句子並解析。** 正確答案 p.269

□ はじめまして。

□ どうぞ よろしく おねがいします。

□ ぼくは キム・シウです。

□ あなたは がくせいですか。

□ いいえ、わたしは がくせいじゃ ありません。

是我的日語書。

那是什麼？

啊！這個嗎？

啊！原來你學了一點日文。我還在想怎麼會這麼厲害。

沒有，還差得遠呢！

那也是時宇的書嗎？

這是我大學朋友史密斯的。史密斯來自美國。他的日文非常好，我把他當作老師。擅長日文的西方人，真稀奇…

啊！我說得太多了。

不，這不是我的書。

以後又多了一位老師了。請多多指教。

我才要請你多多指教。

01

これは なんですか。
ko re wa na n de su ka

這個　助詞　什麼　是～呢？

🎧
MP3_ **01-02-01**

これ 這個

「これ」是「這個」的意思，指事物的指示代名詞。一般是指離說話者近，離聽者遠的東西。

例 これは ほんです。這是書。

なん 什麼

「なん」是代表「什麼」涵義的疑問詞，「なんですか」是「這是什麼？」的涵義。因為有疑問詞，因此不能用「はい、いいえ」回答。（問「是什麼」時回答「是、不是」會很奇怪）。

單字整理

ほん　書

02

それ は にほんご の ほん です。
so re wa ni ho n go no ho n de su
那個　助詞　　日文　　（～的）　書　　是

MP3_ 01-02-02

用「これ」詢問，
用「それ」回答；
用「それ」詢問，
則用「これ」回
答。

それ 那個

「それ」是「那個」的涵義，指事物的指示代名詞。一般是指距離聽者比較近，離說話者遠的東西。

例 A　これは　ほんですか。這是書嗎？

　　B　はい、それは　ほんです。是的，那是書。

美國的語言不是
「アメリカ（美
國）＋ご（語）」
而是「えいご」
（英語）。

にほんご 日語

「にほんご」是用「にほん＋ご」組成的單字。「にほん」是「日本」，「ご」是「話，語言」的意思。合起來就是「日本語」。大部分的情況是像下列例子這樣，在國家名稱後面加上「ご」，就變成指該國家語言的單字。

例 ちゅうごく ＋ ご → ちゅうごくご
　　中國　　　語　　　中國語／中文

助詞「～の」可以
有多元化的解釋，
有時可以乾脆不解
釋。就像「日語
書」一樣。可根據
文章的上下文解
析。

📖 單字整理
かんこく 韓國
ご 話，語言
かんこくご
韓語

にほんごの ほん 日語的書

「の」是用名詞修飾名詞時用的助詞。為了更具體、更詳盡地說明修飾的東西，透過上述句子檢視，是「日語」的名詞修飾「書」這個名詞。「雖然是書，但究竟是什麼書？」「是日語書。」用日文說時，不像中文可以直接將「日語」和「書」並列，而要加上「の」。因此「日語書」是「にほんごの ほん」。

例 かんこくごの ほん 韓語書

---

03 あれも シウさんの ほんですか。
a re mo shi u san no ho n de su ka

那個 也 時宇 先生 的 書 是嗎？

MP3_01-02-03

あれ 那個

「あれ」是「那個」的涵義，指事物的指示代名詞。一般是指離說話者和聽者都很遠的東西。學習日文時，有個和「これ、それ、あれ」配成一套的單字，那就是「どれ」。意思是「哪個」，因為是疑問詞，因此不需要肯定、否定的回答。

這個	那個	那個	哪個
これ	それ	あれ	どれ

～も ～也

「～も」是「～也」的涵義，表達相同種類的助詞。

例 あなたは がくせいです。ぼくも がくせいです。

你是學生。我也是學生。

～さん ～先生／小姐

「シウ」後加的「さん」放在人名後代表「尊敬」或是「恭敬」。解釋為中文的「～先生／小姐」。

シウさんの ほん 時宇先生的書

「シウさん」（時宇先生）的名詞和「ほん」的名詞之間用「の」來修飾「ほん」。詢問「是怎麼樣的書」，回答是「時宇先生的書」。

04

ともだち の スミス の です。
to mo da chi　no　su mi su　no　de su

朋友　　同位語　史密斯　的東西　是

MP3_01-02-04

和「朋友」有關，日劇中常聽到的單字有「しんゆう」（好朋友）、「おさななじみ」（青梅竹馬）。

ともだち 朋友

「朋友」的日文是「ともだち」，除此之外也可用「ゆうじん」。一般常用的單字是「ともだち」，「ゆうじん」跟「ともだち」意義上沒有太大差異，而是比較講究的表達方式。

ともだちの スミス 朋友史密斯

名詞「ともだち」和名詞「スミス」之間有「の」。史密斯是「怎樣的」史密斯？是「朋友」史密斯。「ともだち」和「スミス」是同位語，這樣就是使用助詞「の」來表達「同位語」。

スミスのです 是史密斯的

「の」在這裡又出現了。「スミスのです」的「の」是包含名詞的概念。是「～的東西」的涵義，後面加上「です」就變成「～のです」，解釋為「～的東西」即可。「不是～的東西」是「～のじゃ ありません」。

例 わたしのです。 是我的東西。

　　わたしのじゃ ありません。 不是我的東西。

📖 單字整理
スミス 史密斯
（Smith，西方人的姓氏）

01 🎧 MP3_ 01-02-05

這是什麼？

これは **なん**ですか。
ko re wa　na n de su ka

- ① ほん
  ho n
- ② ノート
  noo　to
- ③ かばん
  ka ba n
- ④ えいごの ほん
  e i go no ho n

📖 **單字整理**
- □ ノート 筆記本
- □ かばん 書包
- □ えいごの ほん 英語書

02 🎧 MP3_ 01-02-06

那是日語書。

それは **にほんごの ほん**です。
so re wa　ni ho n go no　ho n de su

- ① かんこくごの ほん
  ka n ko ku go no ho n
- ② ノート
  noo　to
- ③ かばん
  ka ba n
- ④ えいごの ほん
  e i go no ho n

正確答案 p. 258

03　🎧 MP3_01-02-07

那也是時宇先生的書嗎？

あれも シウさんの ほんですか。
a re mo　shi u sa n no　ho n de su ka

① たなかさん
　ta na ka sa n

② あなた
　a na ta

③ あなた
　a na ta

④ たなかさん
　ta na ka sa n

① かばん
　ka ba n

② かばん
　ka ba n

③ ノート
　noo to

④ にほんごの ほん
　ni ho n go no ho n

04　🎧 MP3_01-02-08

是朋友史密斯的。

ともだちの スミスのです。
to mo da chi no　su mi su no de su

① すずき
　su zu ki

② やまだ
　ya ma da

③ イ
　i

④ キム
　ki mu

📖 **單字整理**
□ やまだ 山田（日本姓氏）

➡ 由利江詢問時宇物品。

ゆりえ これは なん ですか。
ko re wa na n de su ka

請翻譯 🖋

シウ それは わたしの にほんごの ほん です。
so re wa wa ta shi no ni ho n go no ho n de su

ゆりえ あれも シウ さんの ほん ですか。
a re mo shi u sa n no ho n de su ka

シウ いいえ、あれ は わたしの ほんじゃ ありません。
i i e a re wa wa ta shi no ho n ja a ri ma se n

ともだちの スミスの です。
to mo da chi no su mi su no de su

ゆりえ では、それも スミス さんの ノート ですか。
de wa so re mo su mi su sa n no noo to de su ka
那麼

シウ いいえ、これは わたしの です。
i i e ko re wa wa ta shi no de su

おまけ！再加一個

では 那麼

「では」是代表「那様的話，那麼」涵義的連接詞。不是發 [deha] 是發 [dewa]，為了方便也會說「じゃ」。

由利江　這是什麼？

時宇　　那是我的日語書。

由利江　那也是時宇先生的書嗎？

時宇　　不，那不是我的書。

　　　　是朋友史密斯的書。

由利江　那麼，那也是史密斯先生的筆記本嗎？

時宇　　不，這是我的。

📖 單字整理

□ これ　這個
□ なん　什麼
□ それ　那個
□ 〜の　〜的
□ にほんご　日語
□ ほん　書
□ あれ　那個
□ 〜も　〜也
□ 〜さん　〜先生／小姐
□ ともだち　朋友
□ 〜のです　〜的東西
□ では　那麼
□ ノート　筆記本

1 請回答下列問題。

1 これは にほんごの ほんですか。

→ はい、＿＿＿＿＿＿＿＿＿＿＿＿＿＿＿＿＿＿＿

2 あれは たなかさんの ノートですか。

→ はい、＿＿＿＿＿＿＿＿＿＿＿＿＿＿＿＿＿＿＿

2 請參考範例回答下列問題。

範例 キムさんの えいごの ほんですか。

→ はい、キムさんのです。

→ いいえ、キムさんのじゃ ありません。

1 あなたの ほんですか。

→ はい、＿＿＿＿＿＿＿＿＿＿＿＿＿＿＿＿＿＿＿

2 たなかさんの かばんですか。

→ いいえ、＿＿＿＿＿＿＿＿＿＿＿＿＿＿＿＿＿＿＿

3 請將下列中文翻譯為日文。

1 那是我朋友的日語書。

→ ＿＿＿＿＿＿＿＿＿＿＿＿＿＿＿＿＿＿＿

2 這也是我的。

→ ＿＿＿＿＿＿＿＿＿＿＿＿＿＿＿＿＿＿＿

有趣的日本故事

叉路口；交叉口

看日本連續劇或漫畫常常會聽到「ふみきり」這句話。「ふみきり」主要解釋為「叉路口；交叉口」。叉路口指鐵路和公路交叉的地方，也指斑馬線。但是在日文當中會將這兩個單字分開使用。人經過的叉路口，稱之為「横断歩道」（斑馬線），火車經過的交叉口稱之為「踏み切り」（平交道）。

CHAPTER

3

あそこは どこですか。

那裡是哪裡？

 學習目標

■ **ここ・そこ・あそこ・どこ**（這裡、那裡、那裡、哪裡）
■ **名詞 でした**（過去是～）
■ **名詞 じゃ ありませんでした**（過去不是～）

 複習 請閱讀下列例句並解析。 正確答案 p. 269

☐ これは なんですか。
☐ それは にほんごの ほんです。
☐ あれも シウさんの ほんですか。
☐ ともだちの スミスのです。

01

あそこ は どこ ですか。
a so ko wa do ko de su ka
　那裡　　助詞　　哪裡　　是～呢？

あそこ は JKデパート です。
a so ko wa J K de paa to de su
　那裡　　助詞　　JK百貨公司　　是

MP3_01-03-01

あそこ 那裡

「あそこ」是「那裡」的涵義，是指場所的指示代名詞。

例 A　あそこは かいしゃですか。那裡是公司嗎？

　　B　はい、あそこは かいしゃです。對，那裡是公司。

どこですか 在哪裡？

「どこ」是代表「哪裡」涵義的疑問詞，「どこですか」是「在哪裡？」的涵義。是詢問場所的用法。詢問「どこですか」時不能回答「はい、いいえ」。除了「あそこ、どこ」之外，表達場所的單字還有「ここ（這裡）、そこ（那裡）」。這些是常用的單字，請務必要記住。

這裡	那裡	那裡	哪裡
ここ	そこ	あそこ	どこ

デパート 百貨公司

「デパート」是來自英文「department store」的單字。因為是外來語，所以寫成片假名。雖然有「百貨店」這個單字，但是會話中多半使用「デパート」。

單字整理

かいしゃ 公司

02

デパート の やすみ は いつ ですか。
de paa to no ya su mi wa i tsu de su ka
百貨公司　的　休息日　助詞　什麼時候　是～呢？

まいしゅう げつようび です。
ma i shu u ge tsu yo u bi de su
每週　　　　星期一　　是

MP3_01-03-02

いつですか 什麼時候？

「いつ」是「什麼時候」的疑問詞，「いつですか」是「什麼時候呢？」的涵義。是詢問時間的用法。

まいしゅう 每週

「まいしゅう」是「每週」的涵義。雖然「まいしゅう」很重要，但是和星期相關用法的下列單字也很重要，請一併記下。

上上週	上週	這週	下週	下下週
せんせんしゅう	せんしゅう	こんしゅう	らいしゅう	さらいしゅう

げつようび 星期一

「げつようび」是「星期一」的涵義。星期的用法在日常生活中很常用到，請一定要記住。

星期一	星期二	星期三	星期四
げつようび	かようび	すいようび	もくようび
星期五	星期六	星期日	星期幾
きんようび	どようび	にちようび	なんようび

📖 單字整理

やすみ 休息日

03 きのうは やすみ でしたか。

ki no u wa ya su mi de shi ta ka

昨天 　　助詞 　　休息日 　　（過去）是〜嗎？

MP3_01-03-03

きのう 昨天

「きのう」是「昨天」的涵義，主要和表示過去的用法一起使用。

前天	昨天	今天	明天	後天
おととい	きのう	きょう	あした	あさって

尤其一定要記住代表「昨天、今天、明天」的「きのう、きょう、あした」。

〜でしたか 過去是〜嗎？

「〜でした」是「〜です」（是〜）的過去式用法。「〜でしたか」（過去是〜嗎？）是「〜でした」加上表示疑問的「〜か」。「〜でした」可和「〜だったです」互換。

例 やすみでした ＝ やすみだったです 是休息日。

04

MP3_01-03-04

きのうは セール で、
ki no u wa see ru de
昨天　　助詞　　特賣　　因為

やすみ じゃ ありませんでした。
ya su mi ja a ri ma se n de shi ta
休息日　　　　　　　（過去）不是

「セール」的「セー」的部分是長音，因此要發長音。

セールで 因為有特賣

「セール」是將英文「sale」寫成日文。和英文「sale」的發音很不一樣，要多注意。「セール」後面加的「で」是常用的助詞。在不同的情況下當作不同的意義使用，請根據前後句子來掌握正確的涵義。上述的句子「～で」是表示原因或理由的「～で」。因為是表示「原因、理由」，因此可解析為「因為，所以」。

例 きょうは にちようびで やすみです。今天是星期日，所以是休息日。

～じゃ ありませんでした 過去不是～

還記得「～じゃ ありません」嗎？是「不是～」的用法。過去式就是「～じゃ ありませんでした」。在後面加上「～でした」即可。「ありませんでした」和「なかったです」也能互換使用。

例 がくせいじゃ ありませんでした（過去）不是學生。

= がくせいじゃ なかったです

 名詞句的禮貌形表達整理

現在式肯定	～です	是～
現在式否定	～じゃ ありません（=じゃ ないです）	不是～
過去式肯定	～でした（=だったです）	過去是～
過去式否定	～じゃ ありませんでした（=じゃ なかったです）	過去不是～

01 🎧 MP3_01-03-05

那裡是JK百貨公司。

あそこは JKデパート です。
a so ko wa J K de paa to de su

- ① ここ
  ko ko
- ② そこ
  so ko
- ③ あそこ
  a so ko
- ④ ここ
  ko ko

- ① かいしゃ
  ka i sha
- ② ぎんこう
  gin ko u
- ③ がっこう
  ga kko u
- ④ びょういん
  byo u i n

📖 **單字整理**
□ ぎんこう 銀行
□ がっこう 學校
□ びょういん 醫院

02 🎧 MP3_01-03-06

百貨公司的休息日是什麼時候？

デパート の やすみは いつですか。
de paa to no ya su mi wa i tsu de su ka

每週星期一。

まいしゅう **げつようび** です。
ma i shu u ge tsu yo u bi de su

- ① ぎんこう
  gin ko u
- ② がっこう
  ga kko u
- ③ びょういん
  byo u i n
- ④ デパート
  de paa to

- ① きんようび
  kin yo u bi
- ② どようび
  do yo u bi
- ③ もくようび
  mo ku yo u bi
- ④ かようび
  ka yo u bi

03 🎧 MP3_01-03-07

昨天是休息日嗎？

きのうは やすみでしたか。
ki no u wa ya su mi de shi ta ka

- ① おととい
  o to to i
- ② あなた
  a na ta
- ③ たなかさん
  ta na ka sa n
- ④ これ
  ko re

- ① やすみ
  ya su mi
- ② がくせい
  ga ku se i
- ③ せんせい
  se n se i
- ④ たなかさんの かばん
  ta na ka sa n no ka ba n

04 🎧 MP3_01-03-08

昨天有特賣，所以不是休息日。

きのうは **セール**で、**やすみ**じゃ
ki no u wa see ru de ya su mi ja

ありませんでした。
a ri ma se n de shi ta

- ① げつようび
  ge tsu yo u bi
- ② もくようび
  mo ku yo u bi
- ③ すいようび
  su i yo u bi
- ④ とくべつセール
  to ku be tsu see ru

- ① がっこうの やすみ
  ga kko u no ya su mi
- ② びょういんの やすみ
  byo u i n no ya su mi
- ③ ぎんこうの やすみ
  gi n ko u no ya su mi
- ④ デパートの やすみ
  de paa to no ya su mi

單字整理
□ とくべつ 特別

🎧慢 MP3_01-03-09　　🎧正常 MP3_01-03-10

➡ 時宇和史密斯談論百貨公司的事。

シウ　あそこ は どこ ですか。
　　　a so ko wa do ko de su ka

請翻譯

スミス　あそこ は JKデパート です。
　　　　a so ko wa JK de paa to de su

シウ　あ、デパート ですか。
　　　a de paa to de su ka
　　　啊

　　　デパート の やすみ は いつ ですか。
　　　de paa to no ya su mi wa i tsu de su ka

スミス　デパート の やすみ は まいしゅう げつようび です。
　　　　de paa to no ya su mi wa ma i shu u ge tsu yo u bi de su

シウ　そうですか。では、きのう は やすみ でしたか。
　　　so u de su ka de wa ki no u wa ya su mi de shi ta ka
　　　原來如此

スミス　いいえ、きのう は セール で、
　　　　i i e ki no u wa see ru de

　　　やすみ じゃ ありませんでした。
　　　ya su mi ja a ri ma se n de shi ta

おまけ! 再加一個

そうですか 原來如此

「そうですか」是「原來如此」的涵義。「か」的語調向上揚就是表詢問或疑問。若如同上述的會話，當「～か」的語調向下時，則是感歎的意思。只要視為了解對方說話的意思即可。

時宇	那裡是哪裡？
史密斯	那裡是JK百貨公司。
時宇	啊！是百貨公司嗎？百貨公司的休息日是什麼時候？
史密斯	百貨公司的休息日是每週一。
時宇	原來如此。那麼昨天是休息日嗎？
史密斯	不。昨天有特賣，所以不是休息日。

📚 單字整理

- [ ] あそこ 那裡
- [ ] どこ 哪裡
- [ ] デパート 百貨公司
- [ ] あ 啊（了解的感嘆詞）
- [ ] やすみ 休息日
- [ ] いつ 什麼時候
- [ ] まいしゅう 每週
- [ ] げつようび 星期一
- [ ] そうですか 原來如此
- [ ] きのう 昨天
- [ ] ～でしたか ～（過去）是～嗎？
- [ ] セール 特賣
- [ ] ～で 因為，所以（原因，理由）
- [ ] ～じゃ ありませんでした 過去不是～

1 請參考範例回答下列問題。

> 範例 たなかさんは せんせいでしたか。
>
> → はい、<u>たなかさんは せんせいでした。</u>
>
> → いいえ、<u>たなかさんは せんせいじゃ ありませんでした。</u>

1 あなたは かいしゃいんでしたか。

→ はい、_____

2 きのうは きんようびでしたか。

→ いいえ、_____

3 おとといは どようびでしたか。

→ いいえ、_____

2 請將下列中文翻譯為日文。

1 那裡是百貨公司嗎？

→ _____

2 昨天是休息日。

→ _____

3 田中小姐（過去）不是老師。

→ _____

有趣的日本故事

東京的地下鐵

東京的地下鐵和台北的捷運很類似，也有很多不同之處。在台北搭捷運時，是
根據移動距離支付費用，因此與是否轉乘無關。然而東京的地下鐵，會根據營
運公司的不同，需要另外支付費用。基本費用為 140 日圓左右。觀察售票處附
近貼的路線圖，可以看到站名下面寫了金額。顯示從現在的車站出發到各個目
的地的費用，購買符合該金額的票，再搭乘地下鐵即可。倘若沒時間確認路線
圖，先購買最便宜的票，在抵達目的地後，離開閘門前，在閘門附近的精算機
支付超過的費用即可。在日本旅行時請多利用。

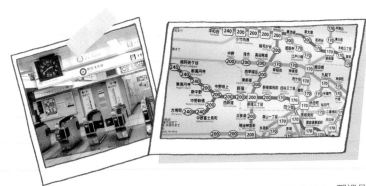

◎ 名詞句的禮貌形表達

現在式	過去式
〜です 是〜	〜でした 過去是〜
〜ですか 是〜嗎？	〜でしたか 過去是〜嗎？
〜じゃ ありません 不是〜 ＊じゃ＝では ＊ありません＝ないです	〜じゃ ありませんでした 過去不是〜

◎ 事物和場所的表達

これ 這個	それ 那個	あれ 那個	どれ 哪個
ここ 這裡	そこ 那裡	あそこ 那裡	どこ 哪裡

◎ **〜は** 助詞

◎ **〜も** 〜也

◎ **〜の** 〜的，〜關於，（修飾名詞）／〜的東西（所有格代名詞）

◎ **〜で** 〜因為，由於（原因，理由）

1 請將下列改寫為否定句。

1 わたしは がくせいです。

→ _____

2 きのうは にちようびでした。

→ _____

3 ここは デパートでした。

→ _____

4 これは わたしの かばんです。

→ _____

5 それは わたしのです。

→ _____

2 請回答下列問題。

1 これは にほんごの ほんですか。

→ はい、_____

2 あなたは せんせいでしたか。

→ いいえ、_____

3 やすみは きのうでしたか。

→ いいえ、_____

4 きのうは デパートの セールでしたか。

　　→ はい、_____

5 あそこは かいしゃですか。

　　→ いいえ、_____

3 請將正確的句子連起來。

1 きのうは
　デパートの やすみ　　　　　・　　　・　です。

2 いいえ、あしたは
　がっこうの やすみじゃ　　　・　　　・　ありませんでした。

3 いいえ、きのうは
　がっこうの やすみじゃ　　　・　　　・　ありません。

4 きょうは
　かいしゃの やすみ　　　　　・　　　・　でした。

4 看下列的句子，正確的畫〇，錯誤的畫×，找出錯誤的部分改成正確的。

1 わたしは せんせいじゃ ありません。(　　　)

2 きのうは やすみです。(　　　)

3 ここは デパートです。(　　　)

4 これは にほんご ほんです。(　　　)

5 きのうは げつようびじゃ ありません。(　　　)

5 請將下列中文翻譯為日文。

1 這不是我的日語書。

→ _____

2 這裡是我的公司。

→ _____

3 昨天是公司的休息日。

→ _____

4 因為百貨公司特賣，所以不是休息日。

→ _____

5 書包不是我的，是田中小姐的。

→ _____

6 你是學生嗎？是，我是學生。

→ _____

7 你什麼時候休假呢？星期日。

→ _____

CHAPTER

4

やすくて
おいしいです。

便宜又好吃。

📖 **學習目標**

■ 表達時間
■ い形容詞的語幹 **いです**（是～）
■ い形容詞的語幹 **く ありません**（不～）
■ い形容詞的語幹 **くて**（且～）

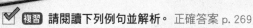

✓ 複習 **請閱讀下列例句並解析。** 正確答案 p. 269

☐ あそこは どこですか。

☐ あそこは JKデパートです。

☐ デパートの やすみは いつですか。

☐ まいしゅう げつようびです。

☐ きのうは やすみでしたか。

☐ きのうは セールで やすみじゃ ありませんでした。

01

スーパー は ごぜん くじ から
suu paa wa go ze n ku ji ka ra
超市　　助詞　早上　　9點　　開始

ごご じゅうじ まで です。
go go ju u ji ma de de su
晚上　　　10點　　到～為止　是～

MP3_ 01-04-01

ごぜん くじ から　從上午九點

「ごぜん」是「上午」，「くじ」是代表「9點」的名詞。兩個都是名詞，但是表達「上午幾點」時，上午和時間之間不會放「の」。因此「上午9點」是「ごぜん くじ」，不會寫成「ごぜんの くじ」。名詞後的「～から」是指「從～開始」，是表達出發或開始的助詞。

ごご じゅうじ まで　晚上十點為止

要注意「ごご」（下午）兩個字都是濁音。「じゅうじ」是「10點」的涵義。加在名詞後面的「～まで」是「到～為止」的涵義，是表示抵達或結束的助詞。「～から」和「～まで」要一起背誦，下列整理的「1點～12點」也務必要記住。

幾點是「なんじ」。詢問「幾點？」時要說「なんじですか」。

例　かんこくから にほんまで 從韓國到日本

　　げつようびから きんようびまで 從星期一到星期五

1 點	2 點	3 點	4 點	5 點	6 點
いちじ	にじ	さんじ	よじ	ごじ	ろくじ
7 點	8 點	9 點	10 點	11 點	12 點
しちじ	はちじ	くじ	じゅうじ	じゅういちじ	じゅうにじ

單字整理

スーパー
超市、超級市場

02 やすくて おいしいです。
ya su ku te　o i shi i de su
便宜又　　　　好吃

MP3_01-04-02

若想了解更多的い
形容詞請參考隨身
手冊p.24。

い い形容詞

上述句子的「やすくて」和「おいしいです」是用い形容詞的表達。「い形容詞」是指基本形是以「～い」結尾的形容詞。い形容詞的「い」是「語尾」。語尾變更成為其他字,可以創造出多元化的表達方式,稱之為「活用」。此時不活用的部分稱之為「語幹」。「語幹」、「語尾」、「活用」是學習日文時會常常出現的字,請務必要記住。上述句子使用的い形容詞的基本形為「やすい」(便宜)、「おいしい」(好吃)。

例 やすい 便宜　　　　　　おいしい 好吃

やすくて 便宜且～

「やすい」是「(價格)便宜」意思的い形容詞,「やすくて」將語尾「い」活用為「くて」的型態。像這樣變成「い形容詞的語幹＋くて」的型態,是「～且」的涵義,後面又可連結其他句子。

例 やすい 便宜 → やすくて 便宜且～、因為便宜

おいしいです 好吃

「おいしい」是表「好吃」涵義的い形容詞。「～です」在第一章中接在名詞後面,代表「是～」涵義的「です」。い形容詞的基本形加上「です」時變成禮貌形的表現。

例 おいしい 好吃 → おいしいです 好吃

03

やさい と にく も やすいです。
ya sa i to ni ku mo ya su i de su
蔬菜　　和　　肉　也　　　　便宜

MP3_ 01-04-03

<主要蔬菜>
きゅうり　黃瓜
じゃがいも　馬鈴薯
にんじん　紅蘿蔔
たまねぎ　洋蔥
ねぎ　蔥

やさい 蔬菜

「やさい」是指「蔬菜」。台灣人常吃的蔬菜，「大白菜」的日文是「はくさい」。日本人最常吃的蔬菜依序為「だいこん」（蘿蔔）、「たまねぎ」（洋蔥）、「キャベツ」（高麗菜）。

～と ～和

「～と」是「～和」的意思，是表達並列的助詞。

例　やさいと にく 蔬菜和肉

　　がくせいと せんせい 學生和老師

にく 肉

「にく」是意指「肉」的名詞。

04

さかな は やすく ありません。
sa ka na wa ya su ku a ri ma se n

魚　　　助詞　　便宜　　　　　不（否定用法）

MP3_ 01-04-04

さかな 魚

「さかな」是意指「魚」的名詞。

やすく ありません 不便宜

い形容詞的語尾「い」改成「く」，加上「ありません」就成為「不～」的否定
表現。還記得第一章當中曾提到「ありません＝ないです」嗎？這裡也一樣。可
將「～く ありません」變成「～く ないです」。還有拿掉「です」只說「～く
ない」，就變成「不～」的非禮貌形表現。

例　やすい 便宜 → やすく ない 不便宜

　　　　　　　　→ やすく ありません 不便宜

　　　　　　　　＝ やすく ないです 不便宜

 獨特的い形容詞 いい

代表「好」涵義的い形容詞「いい」不能活用。活用時要借相同涵義的
い形容詞「よい」的型態。因此「いい」的禮貌形表達為「いいです」
（好），否定表達為「よく ありません」（不好）。要記住不是「い
く ありません」，而是「よく ありません」。還有連接的活用型態不
是「いくて」，而是「よくて」。

例　てんきが いいです。天氣好。

　　てんきが よく ありません。天氣不好。

　　てんきが よくて すずしいです。天氣好又涼爽。

📚 單字整理
てんき 天氣

01 🎧 MP3_01-04-05

超市從早上9點到晚上10點。

スーパーは ごぜん くじから ごご じゅうじ
suu paa wa go ze n ku ji ka ra go go ju u ji

まで です。
ma de de su

① ごじ   ② よじ
go ji   yo ji

③ はちじ   ④ さんじ
ha chi ji   sa n ji

① しちじ
shi chi ji

② じゅうじ
ju u ji

③ じゅうにじ
ju u ni ji

④ ろくじ
ro ku ji

02 🎧 MP3_01-04-06

便宜又好吃。

やすくて おいしい です。
ya su ku te o i shi i de su

① おいしい   ① やすい
o i shi i   ya su i

② おおい   ② やすい
o o i   ya su i

③ ひろい   ③ やすい
hi ro i   ya su i

④ せまい   ④ たかい
se ma i   ta ka i

📖 單字整理

□ おおい 多
□ ひろい 寬
□ せまい 窄
□ たかい 貴，高

03 🎧 MP3_01-04-07

蔬菜和肉也很便宜。

やさいと にくも やすい です。
ya sa i to ni ku mo ya su i de su

① **おいしい**
　o i shi i

② **たかい**
　ta ka i

③ **おおい**
　o o i

④ **すくない**
　su ku na i

📖 **單字整理**

□ すくない 少

04 🎧 MP3_01-04-08

魚不便宜。

さかなは やすく ありません。
sa ka na wa ya su ku a ri ma se n

① **おいしい**
　o i shi i

② **たかい**
　ta ka i

③ **おおい**
　o o i

④ **すくない**
　su ku na i

🎧 慢 MP3_01-04-09　🎧 正常 MP3_01-04-10

➡️ 時宇和由利江談論超市的事。

シウ　スーパー は なんじ から なんじ まで ですか。
suu paa wa na n ji ka ra na n ji ma de de su ka

請翻譯

ゆりえ　スーパー は ごぜん くじ から
suu paa wa go ze n ku ji ka ra

ごご じゅうじ まで です。
go go ju u ji ma de de su

シウ　そうですか。スーパー の
so u de su ka suu paa no

くだもの は どうですか。
ku da mo no wa do u de su ka
怎麼樣？

ゆりえ　やすくて おいしいです。やさい と にくも
ya su ku te o i shi i de su ya sa i to ni ku mo

やすいです。
ya su i de su

シウ　さかな も やすいですか。
sa ka na mo ya su i de su ka

ゆりえ　いいえ、さかな は やすく ありません。
i i e sa ka na wa ya su ku a ri ma se n

　おまけ！再加一個

どうですか　怎麼樣？

「どうですか」是「怎麼樣」的涵義，詢問對方的意見或意願時使用的話。

時宇　　超市從幾點開到幾點？

由利江　超市從早上9點開到晚上10點。

時宇　　這樣啊。超市的水果怎麼樣？

由利江　便宜又好吃。蔬菜和肉也很便宜。

時宇　　魚也很便宜嗎？

由利江　不，魚不便宜。

📚 單字整理

- □ スーパー 超市
- □ なんじ 幾點
- □ 〜から 〜起
- □ 〜まで 〜為止
- □ ごぜん 上午
- □ くじ 9點
- □ ごご 下午
- □ じゅうじ 10點
- □ くだもの 水果
- □ どうですか 怎麼樣？
- □ やすい 便宜
- □ 〜くて 〜且
- □ おいしい 好吃
- □ やさい 蔬菜
- □ 〜と 〜和
- □ にく 肉
- □ さかな 魚
- □ 〜く ありません 不〜

1 請參考範例回答下列問題。

> **範例** がっこうは なんじから なんじまでですか。(8じ〜5じ)
>
> → がっこうは はちじから ごじまでです。

1 かいしゃは なんじから なんじまでですか。(9じ〜6じ)

→ _____

2 デパートは なんじから なんじまでですか。(10じ〜7じ)

→ _____

2 請回答下列問題。

1 さかなは やすいですか。

→ はい、_____

2 くだものは おいしいですか。

→ いいえ、_____

3 請將下列中文翻譯為日文。

1 水果便宜又好吃。

→ _____

2 魚不便宜。

→ _____

有趣的日本故事

保存期限

在台灣也能購買到日本的各種商品。購買食物時通常要看保存期限。和台灣的保存期限有相同概念，日本則有「賞味期限（しょうみきげん）」和「消費期限（しょうひきげん）」。賞味期限（しょうみきげん）是指最佳風味的享用期限，意即過了這個期限也不是不能吃，只是不會那麼美味了。消費期限（しょうひきげん）是指可消費的期限，大致上來說，過了這個期限會腐敗，或因品質不佳發生安全性問題。

しんせんで
おいしいです。

新鮮又好吃。

 學習目標

■ 數字
■ 個數
■ な形容詞的語幹 です（是～）
■ な形容詞的語幹 じゃ ありません（不～）
■ な形容詞的語幹 で（～又）

✓ 複習 閱讀下列的句子並解析。正確答案 p. 269

□ スーパーは ごぜん くじから
　　ごご じゅうじまでです。
□ やすくて おいしいです。
□ やさいと にくも やすいです。
□ さかなは やすく ありません。

01

ひとつ よんひゃく えん、
hi to tsu　yo n hya ku e n

一個　　　　　400　　　　　日圓

みっつで せん えん です。
mi ttsu de　se n　e n　de su

三個　　因此　　千　日圓　　是

MP3_ 01-05-01

讀4、7、9有兩種方法，請記住，除了特別的幾種情況外，較常使用「よん、なな、きゅう」。雖然從1到10讀數字的方法和數數的方法不同，但是從11開始都一樣。用讀數字的方法表達即可。數字「11」和「十一」都是「じゅういち」。

ひとつ 一

「ひとつ」是數量的單字，「一」的意思。既然學了「一」，那就一起來學到「十」吧！

ひとつ 一	ふたつ 二	みっつ 三	よっつ 四	いつつ 五
むっつ 六	ななつ 七	やっつ 八	ここのつ 九	とお 十

也一起了解數字吧。首先最基本的是1到10！

いち 1	に 2	さん 3	し／よん 4	ご 5
ろく 6	しち／なな 7	はち 8	きゅう／く 9	じゅう 10

百單位數字
100　ひゃく
200　にひゃく
300　さんびゃく
400　よんひゃく
500　ごひゃく
600　ろっぴゃく
700　ななひゃく
800　はっぴゃく
900　きゅうひゃく

よんひゃくえん 400日圓

「よん」是數字4，「ひゃく」是數字100，「えん」是日本的貨幣單位「日圓」。4雖然也念「し」，但是400要念成「よんひゃく」。1,000讀「せん」，10,000讀「いちまん」。10,000一定要加「いち」，讀「いちまん」。

みっつで せんえん 三個一千日圓

問「一個多少錢」時，只要回答「ひとつ＋價格」即可，從兩個開始要加上「で」。就像「みっつで せんえん」（三個一千元）。這裡使用的「で」表示數量、範圍，可解釋成「～因此」，因為日文的助詞有時不會有相當的中文可對應，因此只能說明較適用於何種情境，不可將單一意思套用於所有狀況，會有所偏頗。「せんえん」的「せん」是數字1,000。

02

MP3_01-05-02

この りんごは
ko no ri n go wa

這　　　蘋果　　助詞

しんせんで おいしいです。
shi n se n de　o i shi i de su

新鮮又　　　　　　　好吃

この りんご 這顆蘋果

「この」是「這」的意思，修飾後面的名詞。因此說「この りんご」是指「這顆蘋果」。

這	那	那	哪
この	その	あの	どの

若想了解更多的な
形容詞，請參閱隨
身手冊 p.27。

な な形容詞

上述句子「しんせんで」是使用な形容詞的表現。な形容詞是日語形容詞之一。な形容詞用「だ」結尾。語尾為「だ」，活用語尾就能創造出多元的表達。本句使用的な形容詞的基本形為「しんせんだ」（新鮮）。

例　しんせんだ 新鮮

　　ゆうめいだ 有名

しんせんで 新鮮又～，因為新鮮

「しんせんで」是活用な形容詞「しんせんだ」（新鮮）的變化。「だ」換成「で」代表「～又，～因此」涵義，後面可以連接其他句子。

例　しんせんだ 新鮮 → しんせんで 新鮮又～

　　ゆうめいだ 有名 → ゆうめいで 有名又～

03

なし は すきじゃ ありません。
na shi wa su ki ja a ri ma se n

梨子　助詞　喜歡　　　　　不是

MP3_ 01-05-03

すきじゃ ありません _{不喜歡}

「すきじゃ ありません」的基本形是「すきだ」。「すきだ」是表示「喜歡」涵義的な形容詞。將な形容詞的語尾「だ」變成「じゃ ありません」，就變成「不～」的否定表現。是不是好像在哪裡看過呢？第一章中曾經學過，名詞後面加上「じゃ ありません」就變成「不是～」的意思。在名詞後面加上「じゃ ありません」即可，但是な形容詞要拿掉語尾「だ」，加上「じゃ ありません」。請記住，な形容詞加上「～じゃ ありません」也能替換成「～じゃ ないです」使用。「じゃ」可以更換成「では」。

例　すきだ　喜歡　→　すきじゃ ありません 不喜歡

　　　　　　　　　　　＝ すきじゃ ないです

　　　　　　　　　　　＝ すきでは ありません

　　　　　　　　　　　＝ すきでは ないです

な 形容詞用法整理

基本形	すきだ	喜歡
現在式否定	すきじゃ ない	不喜歡
現在式肯定禮貌形	すきです	喜歡
現在式否定禮貌形	すきじゃ ありません (＝すきじゃ ないです)	不喜歡
連結用法	すきで	喜歡又，因為喜歡

單字整理
なし 梨子

04

りんご だけ が すきです。
ri n go da ke ga su ki de su
蘋果 　 只 　 助詞 　 喜歡

MP3_ 01-05-04

〜だけ 只〜

「だけ」是「只有」的意思。「りんごだけ」是指「只有蘋果」（不包含其他東西）。

助詞が主要是當作主格助詞使用。「ここが がっこうです。」這裡是學校。

〜が すきだ 喜歡〜

「すきだ」是表示「喜歡」涵義的な形容詞。對於「すきだ」的目的語（喜歡的對象）加上助詞「が」，解釋成「喜歡〜」。說話時用受格助詞「を」，就變成「〜を すきだ」。但「すきだ」對於目的語使用助詞「が」，因此要說成「〜が すきだ」。除了「すきだ」之外，有些主要的な形容詞，受格助詞不使用「を」，而採用「が」的例如：「きらいだ」（討厭）、「じょうずだ」（擅長、熟練）、「へただ」（生疏、不會）等。

例 あなたが すきだ。喜歡你。　　むしが きらいだ。討厭蟲子。

にほんごが じょうずだ。擅長日文。　うたが へただ。不會唱歌。

すきです 喜歡

「すきです」的基本形是「すきだ」（喜歡）。將語尾「だ」變成「です」，就成了「すきです」（喜歡）的禮貌用法。這和名詞後面加上「です」變成禮貌形表現很類似。

例 すきだ 喜歡 → すきです 喜歡

◆ 單字整理
むし 蟲子
うた 唱歌

01　🎧 MP3_ 01-05-05

一顆400日圓，三顆1000日圓。

ひとつ **よんひゃく** えん、みっつで **せん** えんです。
hi to tsu　yo n hya ku e n　mi ttsu de　se n e n de su

- ① さんびゃく
  sa n bya ku
- ② ひゃく
  hya ku
- ③ よんひゃく
  yo n hya ku
- ④ ごひゃく
  go hya ku

- ① ろっぴゃく
  ro ppya ku
- ② にひゃく
  ni hya ku
- ③ はっぴゃく
  ha ppya ku
- ④ せん
  se n

02　🎧 MP3_ 01-05-06

這顆蘋果新鮮又好吃。

この りんごは **しんせんで おいしい** です。
ko no　ri n go wa　shi n se n de　o i shi i de su

- ① ここ
  ko ko
- ② ここ
  ko ko
- ③ へや
  he ya
- ④ たなかさん
  ta na ka sa n

- ① しんせんだ
  shi n se n da
- ② きれいだ
  ki re i da
- ③ しずかだ
  shi zu ka da
- ④ ハンサムだ
  ha n sa mu da

- ① やすい
  ya su i
- ② おいしい
  o i shi i
- ③ やすい
  ya su i
- ④ おもしろい
  o mo shi ro i

📖 單字整理

- □ きれいだ 乾淨、漂亮
- □ へや 房間
- □ しずかだ 安靜
- □ ハンサムだ 帥氣
- □ おもしろい 有趣

03 🎧 MP3_ 01-05-07

不喜歡梨子。

なしは **すき**じゃ ありません。
na shi wa　su ki ja　　a ri ma se n

- ① りんご
  ri n go
- ② えいご
  e i go
- ③ にほんご
  ni ho n go
- ④ なし
  na shi

- ① きらいだ
  ki ra i da
- ② じょうずだ
  jo u zu da
- ③ へただ
  he ta da
- ④ しんせんだ
  shi n se n da

04 🎧 MP3_ 01-05-08

只喜歡蘋果。

りんごだけが すきです。
ri n go da ke ga　　su ki de su

- ① なし
  na shi
- ② にほんご
  ni ho n go
- ③ これ
  ko re
- ④ あなた
  a na ta

🎧 慢MP3_**01-05-09**　　🎧 正常 MP3_**01-05-10**

➡️ 時宇和由利江在超市挑選水果。

シウ　**りんご は いくらですか。**
ri n go wa i ku ra de su ka

請翻譯　　　　　　　　　　　　　　多少錢？

てんいん　**ひとつ よんひゃく えん、みっつ で**
hi to tsu yo n hya ku e n mi ttsu de

せん えん です。
se n e n de su

ゆりえ　**おいしいですか。**
o i shi i de su ka

てんいん　**この りんご は しんせんで おいしいです。**
ko no ri n go wa shi n se n de o i shi i de su

この なしも おいしいです。
ko no na shi mo o i shi i de su

シウ　**なし は すきじゃ ありません。**
na shi wa su ki ja a ri ma se n

りんご だけ が すきです。
ri n go da ke ga su ki de su

 おまけ！再加一個

いくらですか 多少錢？

「いくら」是「多少」的意思，「いくらですか」是「多少錢？」，是詢問價錢的用法。

時宇　　蘋果多少錢？

店員　　一顆400日圓，三顆1000日圓。

由利江　好吃嗎？

店員　　這蘋果新鮮又好吃。這梨子也好吃。

時宇　　我不喜歡梨子。我只喜歡蘋果。

🔖 單字整理

- □ りんご 蘋果
- □ いくらですか 多少錢？
- □ てんいん 店員
- □ ひとつ 一個
- □ よんひゃく 400
- □ えん 日圓（日本貨幣單位）
- □ みっつ 三個
- □ ～で 數量，總和（表範圍限定）
- □ せん 1,000
- □ この 這
- □ しんせんだ 新鮮
- □ ～で ～又，～因此
- □ なし 梨子
- □ すきだ 喜歡
- □ ～だけ ～只

1 請參考範例回答下列問題。

範例 りんごは いくらですか。(400えん)

→ りんごは よんひゃくえんです。

1 なしは いくらですか。(600えん)

→ _____

2 さかなは いくらですか。(300えん)

→ _____

2 請回答下列問題。

1 あなたは りんごが すきですか。

→ はい、_____

→ いいえ、_____

2 やさいは しんせんですか。

→ はい、_____

→ いいえ、_____

3 請將下列中文翻譯為日文。

1 我喜歡蘋果。

→ _____

2 我不喜歡梨子。

→ _____

福袋的元祖：「ふくぶくろ」

近年來，台灣流行的「福袋」，也就是在打開之前不曉得裡面裝了什麼的福袋，

其實是來自於日本。在日本，稱之為「福袋」。 ふく是「福」，ふくろ是「袋

子」的意思，加在一起就是「福袋」。

日本有很多在新年期間銷售福袋的商店，價格一般是從兩千日圓到一萬日圓，

在這個時期，可以看到人們為了購買福袋排隊的景象。

きれいな スカートですね。

真是件漂亮的裙子呢。

📖 學習目標

■ **い形容詞的語幹** い **名詞** （～的…）
■ **な形容詞的語幹** な **名詞** （～的…）
■ 「**名詞** が ほしい」（想要～）

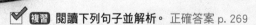

✓ **複習** 閱讀下列句子並解析。　正確答案 p. 269

☐ ひとつ よんひゃくえん、みっつで せんえんです。

☐ この りんごは しんせんで おいしいです。

☐ なしは すきじゃ ありません。

☐ りんご だけ が すきです。

01

きれいな スカート ですね。
ki re i na su kaa to de su ne

漂亮的　　　　裙子　　　　是

🎧 MP3_01-06-01

きれいな 漂亮

「きれいな」是な形容詞「きれいだ」（漂亮）的名詞修飾型。語尾「だ」用な活用。「きれいだ」修飾後面的「スカート」（裙子）名詞時變成「きれいな」的型態。「きれいだ」是日本人生活中常說的話，一定要記住。還有「きれいだ」有「漂亮；乾淨」兩種涵義，根據上下文解析即可。

📝 きれいだ 漂亮 ＋ スカート 裙子 → きれいな スカート 漂亮的裙子

きれいだ 乾淨 ＋ へや 房間 → きれいな へや 乾淨的房間

スカート 裙子

「スカート」來自英文「skirt」，因此要寫成片假名。要注意「カー」是長音，因此要發長音。

～ですね 是～，是～呢！

「～ですね」是「是～，是～呢！」的涵義，「です」加上「ね」的型態。在陳述句後面加上「ね」，是肯定對方說的話的表現。

02 | ほしいですが、たかいですよ。
ho shi i de su ga   ta ka i de su yo

雖然想要　　　　　（但是）昂貴

MP3_ 01-06-02

ほしい 想要
「ほしい」是代表「想擁有，希望，想要」涵義的い形容詞。

～ですが 雖然～
「～です」（是～）後面加上「が」，代表「雖然～但是～」的涵義。

たかいですよ 昂貴
代表「昂貴」涵義的い形容詞「たかい」，加上「です」變成禮貌形的表現。
「～です」（是～）的後面加上「よ」，是更口語的用法。

03

かわいい スカート ですが、はで です。
ka wa i i　su kaa to　de su ga　　ha de de su
可愛的　　　　裙子　　　雖然是　　　華麗

かわいい 可愛

「かわいい」是代表「可愛」涵義的い形容詞。い形容詞修飾後面的名詞時，語尾無變化。因此「いい」直接使用基本形，從「可愛」變成「可愛的」。

例 かわいい 可愛 → かわいい スカート 可愛的裙子

はで です 華麗

代表「華麗」涵義的な形容詞「はでだ」的禮貌形表現。將語尾「だ」變成「です」。

例 この スカートは はで です。這件裙子很華麗。

📖 單字整理

はでだ
華麗，花俏
すずしい 涼爽

04

すこし じみな スカート が ほしいです。
su ko shi ji mi na su kaa to ga ho shi i de su
稍微　　　樸素的　　　裙子　　助詞　　想要

MP3_01-06-04

すこし 稍微
修飾「量」的副詞，有「稍微、略為」的涵義。

じみな 樸素的
「じみだ」（樸素）是な形容詞。後面加「スカート」（裙子）的名詞，語尾「だ」變成「な」，解釋為「樸素的」即可。「な」後面接名詞時，な形容詞的語尾「だ」變成「な」，這在前面已經學過了，可當作複習。

〜が ほしいです 想要〜
「ほしい」是代表「想要〜」涵義的い形容詞，中文的「想要〜」後接受詞，而日文的「ほしい」則是將受詞放在前面，因此要加助詞。但「ほしい」不是「〜を ほしい」，而是「〜が ほしい」。「ほしい」是い形容詞，後面加上「です」就成了「想要〜」的禮貌形表現。

例 きれいな かばんを ほしいです。(×)

きれいな かばんが ほしいです。(○) 想要漂亮的包包。

01　🎧 MP3_01-06-05

真是件漂亮的裙子呢。

きれいな スカートですね。
ki　re　i　na　su　kaa　to　de　su　ne

① じみだ
ji mi da

② はでだ
ha de da

③ すてきだ
su te ki da

④ ふべんだ
fu be n da

📖 單字整理
□ すてきだ
　極美的，超棒的
□ ふべんだ
　不方便的

02　🎧 MP3_01-06-06

雖然想要，但是太貴了。

ほしいですが、**たかい**ですよ。
ho shi i de su ga　ta ka i de su yo

① おいしい
o i shi i

② ほしい
ho shi i

③ やすい
ya su i

④ せまい
se ma i

① たかい
ta ka i

② はでだ
ha de da

③ まずい
ma zu i

④ きれいだ
ki re i da

📖 單字整理
□ まずい　難吃

03

🎧 MP3_ **01-06-07**

雖然是可愛的裙子，但是太花俏了。

かわいい スカートですが、**はで**です。
ka wa i i su kaa to de su ga ha de de su

① おいしい
o i shi i

① りんご
ri n go

① たかい
ta ka i

② しんせんだ
shi n se n da

② なし
na shi

② たかい
ta ka i

③ たかい
ta ka i

③ スカート
su kaa to

③ ほしい
ho shi i

④ きれいだ
ki re i da

④ スカート
su kaa to

④ はでだ
ha de da

04

🎧 MP3_ **01-06-08**

我想要樸素一點的裙子。

すこし **じみな スカート**が ほしいです。
su ko shi ji mi na su kaa to ga ho shi i de su

① はでだ
ha de da

① かばん
ka ba n

② しんせつだ
shi n se tsu da

② ともだち
to mo da chi

③ べんりだ
be n ri da

③ くるま
ku ru ma

④ きれいだ
ki re i da

④ へや
he ya

📖 單字整理

☐ しんせつだ 親切

☐ べんりだ 方便

☐ くるま 汽車

➡️ 時宇和由利江在購物。

シウ　**これ、どうですか。**
ko re　do u de su ka

✎ 請翻譯

ゆりえ　**ええ、きれいな スカート ですね。**
e e　ki re i na　su kaa to　de su ne

ほしいですが、たかいですよ。
ho shi i de su ga　ta ka i de su yo

シウ　**では、これ は どうですか。**
de wa　ko re wa　do u de su ka

かわいくて そんなに たかく ありません。
ka wa i ku te　so n na ni　ta ka ku　a ri ma se n

ゆりえ　**かわいい スカート ですが、はでです。**
ka wa i i　su kaa to　de su ga　ha de de su

すこし じみな スカート が ほしいです。
su ko shi　ji mi na　su kaa to　ga　ho shi i de su

おまけ! 再加一個

ええ 是（肯定的意思）
「是」的意思，比「はい」有更輕鬆的感覺。

そんなに 那麼，那樣
「そんなに」是「那麼」的涵義，後面要接敘述語。

時宇　　這件怎麼樣？

由利江　嗯，真是件漂亮的裙子呢。

　　　　雖然想要，但是太貴了。

時宇　　那麼，這件怎麼樣？

　　　　可愛而且沒那麼貴。

由利江　很可愛的裙子，但是很花俏。

　　　　我想要樸素一點的裙子。

🔖 單字整理

- □ ええ 是（肯定的意思）
- □ きれいだ 漂亮，乾淨
- □ スカート 裙子
- □ 〜ですね 是〜，是〜呢
- □ ほしい 想要
- □ 〜ですが 雖然〜
- □ たかい 昂貴
- □ 〜ですよ 是〜唷
- □ かわいい 可愛
- □ そんなに 那麼；那樣
- □ はでだ 華麗，花俏
- □ すこし 稍微
- □ じみだ 樸素
- □ 〜が ほしい 想要〜

これ、どうですか。

きれいな
スカートですね。

1 請根據下列範例改寫。

範例 かばんは きれいです。 → きれいな かばんです。

スカートは かわいいです。 → かわいい スカートです。

1 くだものは しんせんです。 → _____

2 やさいは やすいです。 → _____

3 りんごは おいしいです。 → _____

2 請參考範例回答下列問題。

範例 ひろい へやが ほしいですか。

→ はい、ひろい へやが ほしいです。

→ いいえ、ひろい へやは ほしく ありません。

1 おいしい りんごが ほしいですか。

→ はい、_____

2 はでな スカートが ほしいですか。

→ いいえ、_____

3 あなたは ともだちが ほしいですか。

→ いいえ、_____

有趣的日本故事

每日更換菜單的套餐

在日本美食中，「定食」是遠近馳名的，在台灣的日本料理店中經常會看到定

食料理，例如炸豬排定食套餐、生魚片定食套餐等。這稱之為「日替り定食」，

即「每天更換的定食」。

かんたんじゃ
ありませんでした。

不簡單。

📖📖學習目標

■ い形容詞的語幹 **かったです**（過去是〜）

■ い形容詞的語幹 **く ありませんでした**（過去不是〜）

■ な形容詞的語幹 **でした**（過去是〜）

■ 形容詞的語幹 **じゃ ありませんでした**（過去不是〜）

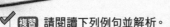

✓ 複習 **請閱讀下列例句並解析。** 正確答案 p. 269

☐ きれいな　スカートですね。

☐ ほしいですが、たかいですよ。

☐ かわいい　スカートですが、はでです。

☐ すこし　じみな　スカートが　ほしいです。

01

かんたん じゃ ありませんでした。
ka n ta n　ja　a ri ma se n de shi ta
簡單　　　　　　　　不（過去否定）

MP3_01-07-01

「～じゃ ありませんでした」和「～じゃ なかったです」是相同的表現。

かんたんじゃ ありませんでした 不簡單

「かんたんじゃ ありませんでした」的基本形是「かんたんだ」。「かんたんだ」是代表「簡單」涵義的な形容詞。將な形容詞的語尾「だ」改為「～じゃ ありませんでした」就成為代表「過去不是～」涵義的禮貌形過去式表現。因此，如果說「かんたんじゃ ありませんでした」是指「（過去）不簡單」的意思。

例 かんたんだ → かんたんじゃ ありませんでした
　　簡單　　　　　　不簡單（過去）

「～じゃ ありませんでした」和「～じゃ なかったです」是相同的用法。

例 かんたんじゃ ありませんでした 不簡單（過去）

　　＝ かんたんじゃ なかったです

02 とても むずかしかったです。
to te mo mu zu ka shi ka tta de su
　　非常　　　　　　　　（過去）困難

🎧 MP3_01-07-02

とても 非常，很

「とても」是表達程度的副詞，有「非常、很」的涵義。相反詞為上一章學過的「すこし」（稍微）。

例 とても やすいです。非常便宜。

　　すこし やすいです。有點便宜。

むずかしかったです 困難

「むずかしかったです」的基本形是「むずかしい」。「むずかしい」是代表「困難」涵義的い形容詞。い形容詞的語尾將「い」改為「かったです」就是禮貌形過去式的肯定表現。因此「むずかしかったです」就是「（過去）困難」的涵義。還有從「〜かったです」中去掉「です」，「〜かった」就是平輩之間使用的用法。

例 むずかしい 困難 → むずかしかった （過去）困難

　　→ むずかしかったです （過去）困難（禮貌形）

03

たいへんでしたね。
ta i he n de shi ta ne

（過去）很辛苦呢。

MP3_01-07-03

たいへんでしたね 很辛苦呢

「たいへんでしたね」的基本形是「たいへんだ」。「たいへんだ」是代表「辛苦，糟糕」涵義的な形容詞。將な形容詞的語尾「だ」變成「でした」，就是代表「（過去）是～」涵義的禮貌形過去肯定用法。「～でした」也可寫為「～だったです」，「～だったです」去掉「です」，變成「～だった」就是平輩之間使用的用法。

例 たいへんだ 辛苦 → たいへんでした （過去）辛苦

= たいへんだったです

→ たいへんだった （過去）辛苦

 な形容詞的禮貌形整理

現在式肯定	～です	是～
現在式否定	～じゃ ありません（＝じゃ ないです）	不～
過去式肯定	～でした（＝だったです）	（過去）是～
過去式否定	～じゃ ありませんでした （＝じゃ なかったです）	（過去）不～

04 むずかしく ありませんでした。
mu zu ka shi ku　a ri ma se n de shi ta
困難　　　　　　　不是（過去）

MP3_ 01-07-04

◦ **〜く ありませんでした**（過去）不〜

い形容詞的語尾「い」變成「〜く ありませんでした」就變成意指「（過去）不〜」的禮貌形過去式的否定用法。「〜く ありませんでした」也可和「〜く なかったです」交互使用。從「〜く なかったです」拿掉「です」，變成「〜く なかった」就是平輩之間使用的用法。

例 むずかしい 困難 → むずかしく ありませんでした （過去）不困難

　　　　　　　　　　= むずかしく なかったです

　　　　　　　　　→ むずかしく なかった （過去）不困難

 い形容詞的禮貌形整理

現在式肯定	〜いです	是〜
現在式否定	〜く ありません （＝く ないです）	不〜
過去式肯定	〜かったです	（過去）是〜
過去式否定	〜く ありませんでした （＝く なかったです）	（過去）不〜

 い形容詞的用法整理

基本形	むずかしい	困難
現在式否定	むずかしく ない	不困難
現在式肯定禮貌形	むずかしいです	（過去）困難
現在式否定禮貌形	むずかしく ありません （＝むずかしく ないです）	（過去）不困難
連接表達	むずかしくて	困難又〜，因為困難

01 🎧 MP3_ 01-07-05

不簡單。

かんたんじゃ ありませんでした。
ka n ta n　ja　a ri ma se n de shi ta

① しんせんだ
shi n se n da

② きれいだ
ki re i da

③ はでだ
ha de da

④ すきだ
su ki da

02 🎧 MP3_ 01-07-06

非常困難。

とても むずかしかったです。
to te mo　mu zu ka shi ka tta　de su

① やすい
ya su i

② たかい
ta ka i

③ ひろい
hi ro i

④ おおい
o o i

03 🎧 MP3_ **01-07-07**

很辛苦呢。

たいへんでしたね。
ta i he n de shi ta ne

- ① しんせんだ
  shi n se n da
- ② きれいだ
  ki re i da
- ③ はでだ
  ha de da
- ④ すきだ
  su ki da

04 🎧 MP3_ **01-07-08**

不困難。

むずかしく ありませんでした。
mu zu ka shi ku a ri ma se n de shi ta

- ① やすい
  ya su i
- ② たかい
  ta ka i
- ③ ひろい
  hi ro i
- ④ おおい
  o o i

➡ 時宇和史密斯談論考試。

スミス　えいご の しけん は どうでしたか。
　　　　e i go no shi ke n wa do u de shi ta ka

　　　　　　　　　　　　　　　　　　　　怎麼樣？

シウ　かんたんじゃ ありませんでした。
　　　ka n ta n ja a ri ma se n de shi ta

　　　とても むずかしかったです。
　　　to te mo mu zu ka shi ka tta de su

スミス　たいへんでしたね。
　　　　ta i he n de shi ta ne

シウ　でも、にほんご は ぜんぜん
　　　de mo ni ho n go wa ze n ze n
　　　不過　　　　　　　　　　全然

　　　むずかしく ありませんでした。
　　　mu zu ka shi ku a ri ma se n de shi ta

スミス　それ は よかったですね。
　　　　so re wa yo ka tta de su ne
　　　　　　　　　太好了呢

🐱 おまけ！再加一個

どうでしたか 怎麼樣？

「どうですか」的過去式表現，詢問對方的意見或意願時使用。

ぜんぜん 全然

「ぜんぜん」是代表「全然（不）」涵義的副詞，通常後面會接否定句。

史密斯　英文考試怎麼樣呢？

時宇　　不簡單，非常困難。

史密斯　很辛苦呢。

時宇　　不過，日文一點也不難。

史密斯　那真是太好了呢。

📖 單字整理

- □ えいご 英文
- □ しけん 考試
- □ どうでしたか 怎麼樣？
- □ かんたんだ 簡單
- □ 〜じゃ ありませんでした
  （過去）不〜
- □ とても 非常
- □ むずかしい 困難
- □ 〜かったです （過去）是〜
- □ たいへんだ 辛苦
- □ 〜でした （過去）是〜
- □ でも 不過，可是
- □ にほんご 日文
- □ ぜんぜん 完全不（後接否定句）
- □ よかったですね 太好了呢

しけんは
どうでしたか。

かんたんじゃ
ありませんでした。

1 請參考範例回答下列問題。

> 範例 しけんは むずかしかったですか。
>
> → はい、しけんは むずかしかったです。
>
> → いいえ、しけんは むずかしく ありませんでした。

1 スカートは やすかったですか。

→ はい、＿＿＿＿＿＿＿＿＿＿＿＿＿＿＿＿＿＿＿＿＿

2 りんごは おいしかったですか。

→ いいえ、＿＿＿＿＿＿＿＿＿＿＿＿＿＿＿＿＿＿＿＿

3 にくは たかかったですか。

→ いいえ、＿＿＿＿＿＿＿＿＿＿＿＿＿＿＿＿＿＿＿＿

2 請參考範例回答下列問題。

> 範例 しけんは かんたんでしたか。
>
> → はい、しけんは かんたんでした。
>
> → いいえ、しけんは かんたんじゃ ありませんでした。

1 さかなは しんせんでしたか。

→ いいえ、＿＿＿＿＿＿＿＿＿＿＿＿＿＿＿＿＿＿＿＿

2 スカートは はででしたか。

→ はい、＿＿＿＿＿＿＿＿＿＿＿＿＿＿＿＿＿＿＿＿＿

3 へやは きれいでしたか。

→ いいえ、＿＿＿＿＿＿＿＿＿＿＿＿＿＿＿＿＿＿＿＿

有趣的日本故事

參觀房子

日本和台灣一樣，有房屋仲介，因此可以參觀房子。越接近巴士站或地鐵站，
價格當然會越貴。為了挑選好房子，交通的方便性也非常重要。在日本，有很
多人騎腳踏車代步，如果騎腳踏車五到十分鐘就能抵達地鐵站，就算是不錯的
交通條件。

○ い形容詞用法

~いです	やすいです 便宜
~く ありません =~く ないです	やすく ありません 不便宜 =やすく ないです
~かったです	やすかったです（過去）便宜
~く ありませんでした =~く なかったです	やすく ありませんでした（過去）不便宜 =やすく なかったです
~い ＋ 名詞	やすい くだもの 便宜的水果
~くて	やすくて 便宜又~，因為便宜

○ な形容詞用法

~です	きれいです 漂亮
~じゃ ありません =~じゃ ないです	きれいじゃ ありません 不漂亮 =きれいじゃ ないです
~でした =~だったです	きれいでした（過去）漂亮 =きれいだったです
~じゃ ありませんでした =~じゃ なかったです	きれいじゃ ありませんでした（過去）不漂亮 =きれいじゃ なかったです
~な	きれいな スカート 漂亮的裙子
~で	きれいで 漂亮又~，因為漂亮

1 請回答下列問題。

1　くだものは　やすいですか。

→ はい、＿＿＿＿＿＿＿＿＿＿＿＿＿＿＿＿＿

2　りんごは　やすかったですか。

→ いいえ、＿＿＿＿＿＿＿＿＿＿＿＿＿＿＿

3　やさいは　しんせんでしたか。

→ はい、＿＿＿＿＿＿＿＿＿＿＿＿＿＿＿＿＿

4　スカートは　きれいですか。

→ はい、＿＿＿＿＿＿＿＿＿＿＿＿＿＿＿＿＿

5　あなたは　にくが　すきですか。

→ いいえ、＿＿＿＿＿＿＿＿＿＿＿＿＿＿＿

6　あなたの　へやは　きれいでしたか。

→ いいえ、＿＿＿＿＿＿＿＿＿＿＿＿＿＿＿

7　しけんは　むずかしいですか。

→ いいえ、＿＿＿＿＿＿＿＿＿＿＿＿＿＿＿

8　くだものは　おいしかったですか。

→ はい、＿＿＿＿＿＿＿＿＿＿＿＿＿＿＿＿＿

2 請將下列句子改寫為否定句。

1 わたしは なしが すきです。

→ _____

2 すうがくは むずかしいです。

→ _____

3 この スカートは きれいです。

→ _____

4 しけんは かんたんでした。

→ _____

5 やさいは やすかったです。

→ _____

3 閱讀下列的句子，正確的劃○，錯誤的劃×，並找出錯誤的部分改成正確的。

1 りんごは とても おいしかったです。(　　　)

2 へやは きれかったです。(　　　)

3 えいごは むずかしかったです。(　　　)

4 さかなは おいしく ありませんでした。(　　　)

5 やさいは しんせんです。(　　　)

6 くだものは やすいて おいしいです。(　　　)

7 りんごは おいしくて やすかったです。(　　　)

8 へやは きれくて やすいです。(　　　)

4 請將下列句子翻譯為日文。

1 考試怎麼樣呢？

→ _____

2 考試非常困難。

→ _____

3 魚一點也不新鮮。

→ _____

4 蘋果一顆多少錢？

→ _____

5 超市從早上9點開到晚上10點。

→ _____

6 裙子雖然漂亮，不過很貴。

→ _____

7 蘋果便宜又好吃。

→ _____

8 蔬菜新鮮又便宜。

→ _____

何が
ありますか。

有什麼？

學習目標

■ **あります** （有）
■ **ありません** （沒有）
■ **なにが** （什麼）
■ **なにか** （什麼）

☑ （複習） 閱讀下列句子並解析。正確答案 p. 269

☐ かんたんじゃ ありませんでした。

☐ とても むずかしかったです。

☐ たいへんでしたね。

☐ むずかしく ありませんでした。

01

<ruby>机<rt>つくえ</rt></ruby> の <ruby>上<rt>うえ</rt></ruby> に <ruby>何<rt>なに</rt></ruby> が ありますか。
tsu ku e　no　　u e　　ni　　na ni ga　　　a ri ma su ka
書桌　的　上面　在　什麼 助詞　　　有…嗎？

MP3_01-08-01

〜の <ruby>上<rt>うえ</rt></ruby> 〜的上面

「〜の <ruby>上<rt>うえ</rt></ruby>」是代表「〜的上面」的涵義，用來表達位置。表達位置時，名詞和名詞之間放入「〜の」即可。「書桌」是「<ruby>机<rt>つくえ</rt></ruby>」，「上」的日文是「<ruby>上<rt>うえ</rt></ruby>」，因此說「<ruby>机<rt>つくえ</rt></ruby>の <ruby>上<rt>うえ</rt></ruby>」即可，「書桌上」是表達位置。

〜に 在〜

表達位置、地點的助詞，有「在〜」的涵義。

<ruby>何<rt>なに</rt></ruby> 什麼

「<ruby>何<rt>なに</rt></ruby>」後加助詞「〜が」（主格助詞）和「〜を」（受格助詞）時，「何」念成「なに」。

例 何が → なにが 什麼

　　何を → なにを 什麼

「何」（什麼）讀成「なん」和「なに」。和「〜ですか」一起使用時讀成「なん」。不是「なにですか」，而是「なんですか」。

〜が 主格助詞

「〜が」放在名詞後面，是表示主格的助詞。

ありますか 有嗎

「あります」是「有」的意思，加上「〜か」表示疑問，變成「有嗎」。請注意，「あります」只能用在無生命的物體、植物和事物上。

📖 單字整理
<ruby>机<rt>つくえ</rt></ruby>（つくえ）
書桌

02

MP3_01-08-02

鉛筆<ruby>えんぴつ</ruby> や ボールペン や 消<ruby>け</ruby>しゴム
en pi tsu ya boo ru pe n ya ke shi go mu
鉛筆　和　　　原子筆　　　和　　　橡皮擦

など が あります。
na do ga a ri ma su
等　　主格助詞　　　有

〜や 〜和，〜或

列舉許多東西時使用的並列助詞。解釋成「〜和，〜或」即可。

〜など 〜等

「〜など」是「〜等」涵義，用於舉例、羅列等。「〜など」一般和「〜や」一起使用。重複兩次使用「や」後，後面傾向於接「など」。是「〜や 〜や 〜など」的型態。

例 りんごや なしや メロン などが あります。　有蘋果、梨子和甜瓜等。

單字整理

鉛筆(えんぴつ)
鉛筆
ボールペン
原子筆
消(け)しゴム
橡皮擦
メロン　甜瓜

03

辞書 が ありません。
ji sho ga a ri ma se n

字典　主格助詞　　　沒有

MP3_ 01-08-03

● **辞書** 字典
「辞書」是「字典」。日文裡表達「字典」的單字有很多，其他還有「辞典」和「字引」等。

● **ありません** 沒有
「ありません」是前面學過的「あります」的否定表現。「あります」是「有」，「ありません」就是「沒有」。和「あります」一樣，請記住「ありません」也只能用在無生物、植物或事物上。

例 本が あります。有書。

　　本が ありません。沒有書。

「ありません」是代表「沒有（事物、植物等）」的涵義，但前面可加名詞和形容詞的否定表現。要注意名詞和形容詞的否定表達方式。

例 （名詞）じゃ ありません 不是～

　　（い形容詞的語幹）く ありません 不～

　　（な形容詞的語幹）じゃ ありません 不～

04

椅子の下に何か ありますか。
i su no shi ta ni nani ka a ri ma su ka

椅子　　的　下面　在　　　什麼　　　　　　有嗎

いいえ、何も ありません。
i ie nani mo a ri ma se n

不　　　　什麼都　　　　沒有

～の下 ～的下面

「～の下」是和前面的「～の上」類似的型態，只不過將「上」換成代表「下面」涵義的「下」。意思是「～的下面」。要注意不要漏掉「の」。既然學習了「上、下」，那麼就進一步了解表達位置的名詞吧！

上(うえ) 上面	前(まえ) 前面	右(みぎ) 右邊
下(した) 下面	後(うし)ろ 後面	左(ひだり) 左邊
中(なか) 裡面、內	側(そば)·横(よこ)·となり 旁邊	

何か 什麼

「何か」是意指「什麼」的「何」，加上「不確定、推測」的「か」的用法。因此「何か」是指「（不確定的）什麼」的意思。「何か ありますか」是指「有什麼嗎？」的涵義，詢問「有沒有」的用法。因此，有的話回答「はい（有）」，沒有的話回答「いいえ（沒有）」。

何も 什麼都

「何も」是「什麼都」的意思。後面一定要接否定表現，因此前面的句子也會接「ありません」（沒有）。「ありません」和「ないです」是同一句話，因此可以說「何も ないです」。

和「何か あります
か」類似的表達有
「何が あります
か」（有什麼東西
呢？），這是詢問
具體的「在哪裡有
什麼」的用法。因
此無法用「はい、
いいえ」回答，回
答時需要提到具體
的對象。

📖 單字整理

椅子(いす) 椅子

01

🎧 MP3_01-08-05

書桌上有什麼呢？

<ruby>机<rt>つくえ</rt></ruby>の <ruby>上<rt>うえ</rt></ruby>に <ruby>何<rt>なに</rt></ruby>が ありますか。
tsu ku e no　ue ni　na ni ga　　a ri ma su ka

① <ruby>椅子<rt>い す</rt></ruby>の <ruby>上<rt>うえ</rt></ruby>
i su no ue

② <ruby>机<rt>つくえ</rt></ruby>の <ruby>下<rt>した</rt></ruby>
tsu ku e no shi ta

③ かばんの <ruby>中<rt>なか</rt></ruby>
ka ba n no na ka

④ テーブルの <ruby>横<rt>よこ</rt></ruby>
tee bu ru no yo ko

📖 單字整理

□ テーブル 桌子

02

🎧 MP3_01-08-06

有鉛筆、原子筆和橡皮擦等。

<ruby>鉛筆<rt>えん ぴつ</rt></ruby>や ボールペンや <ruby>消<rt>け</rt></ruby>しゴム などが あります。
e n pi tsu ya　boo ru pe n ya　ke shi go mu　na do ga　a ri ma su

① <ruby>辞書<rt>じ しょ</rt></ruby>
ji sho

② <ruby>英語<rt>えい ご</rt></ruby>の <ruby>本<rt>ほん</rt></ruby>
ei go no ho n

③ <ruby>魚<rt>さかな</rt></ruby>
sa ka na

④ りんご
ri n go

① <ruby>本<rt>ほん</rt></ruby>
ho n

② <ruby>日本語<rt>に ほん ご</rt></ruby>の <ruby>本<rt>ほん</rt></ruby>
ni ho n go no ho n

③ <ruby>肉<rt>にく</rt></ruby>
ni ku

④ <ruby>梨<rt>なし</rt></ruby>
na shi

① ノート
noo to

② <ruby>雑誌<rt>ざっ し</rt></ruby>
za sshi

③ <ruby>野菜<rt>や さい</rt></ruby>
ya sai

④ みかん
mi ka n

📖 單字整理

□ <ruby>雑誌<rt>ざっ し</rt></ruby> 雜誌

□ みかん 橘子

03 🎧 MP3_01-08-07

沒有字典。

辞書は ありません。
ji sho wa　a ri ma se n

① 椅子　　② スカート
　i su　　　 su kaa to
③ 果物　　④ 日本語の 本
 ku da mo no 　ni hon go no　ho n

04 🎧 MP3_01-08-08

椅子下面有什麼？

椅子の 下に 何か ありますか。
i su　no　shi ta ni　na ni ka　a ri ma su ka

沒有，什麼都沒有。

いいえ、何も ありません。
i i e　na ni mo　a ri ma se n

① 机の 下
tsu ku e no　shi ta

② 机の 上
tsu ku e no　u e

③ かばんの 中
ka ba n no　na ka

④ 椅子の 上
i su　u e

🎧 慢 MP3_01-08-09　🎧 正常 MP3_01-08-10

➡ 時宇和史密斯談論書桌上的物品。

スミス 机の 上に 何が ありますか。
tsukue no　ue ni　nani ga　a ri ma su ka

請翻譯 🖎

シウ 鉛筆や ボールペンや 消しゴム などが あります。
enpitsu ya　boo ru pe n　ya　ke shi go mu　na do ga　a ri ma su

スミス 辞書も ありますか。
ji sho mo　a ri ma su ka

シウ いいえ、辞書は ありません。
i i e　ji sho wa　a ri ma se n

スミス 椅子の 下に 何か ありますか。
i su no　shi ta ni　na ni ka　a ri ma su ka

シウ いいえ、何も ありません。
i i e　na ni mo　a ri ma se n

史密斯 書桌的上面有什麼？

時宇 有鉛筆、原子筆和橡皮擦等等。

史密斯 也有字典嗎？

時宇 沒有，沒有字典。

史密斯 椅子的下面有什麼？

時宇 不，什麼都沒有。

 單字整理

□ 机 書桌
□ 上 上面
□ 〜に 〜在
□ 何 什麼
□ 〜が 主格助詞
□ ありますか 有嗎？（無生物、植物、事物）
□ 鉛筆 鉛筆
□ 〜や 〜和；〜或
□ ボールペン 原子筆
□ 消しゴム 橡皮擦
□ 〜など 〜等
□ あります 有（無生物、植物、事物）
□ 辞書 字典
□ ありません 沒有（無生物、植物、事物）
□ 椅子 椅子
□ 下 下面
□ 何か 什麼
□ 何も 什麼都（後接否定句）

机の 上に 何が ありますか。

鉛筆や ボールペンや 消しゴム などが あります。

1 請參考範例回答下列問題。

範例 机の 上に 何が ありますか。(鉛筆)
→ 机の 上に 鉛筆が あります。

1 かばんの 中に 何が ありますか。(日本語の 本)

→ _____

2 机の 下に 何が ありますか。(かばん)

→ _____

3 椅子の 上に 何が ありますか。(スカート)

→ _____

2 請將下列句子翻譯為日文。

1 書桌上有什麼？

→ _____

2 椅子下面有包包。

→ _____

3 書桌上什麼都沒有。

→ _____

保證金和謝禮金

在日本租房子時必須付月租金。即使是月租也要付保證金，這稱之為「敷金^{しききん}」。

「敷^{しき}」是指在地板上或下面「鋪的東西」，「金^{きん}」是指「錢」。因此「敷金^{しききん}」

是指「先墊了進去的錢」，也就是我們的保證金。

「敷金^{しききん}」在搬家時會退還，一般會根據房子的狀態退還，因此很難退還全額。

還有被稱之為謝禮金的「礼金^{れいきん}」，這個「礼金^{れいきん}」是要另外支付一個月的月租，

是無法拿回的錢。「礼^{れい}」是指「禮儀，感謝之意」，「礼金^{れいきん}」可解釋為「謝禮金」。

誰が いますか。

有誰？

📖 學習目標

■ 家族名稱
■ います（有）
■ いません（沒有）
■ だれが（誰）
■ だれか（某人）

✔ **複習** 閱讀下列句子並解析。 正確答案 p. 270

☐ 机の 上に 何が ありますか。

☐ 鉛筆や ボールペンや 消しゴム などが あります。

☐ 辞書は ありません。

☐ 椅子の 下に 何か ありますか。

☐ いいえ、何も ありません。

01

部屋 の 中 に 誰 が いますか。
he ya no na ka ni da re ga i ma su ka
房子 的 裡面 在 誰 主格助詞 有～在呢？

MP3_01-09-01

～の 中 ～（的）裡面

「～の 中」是代表「～（的）裡面」的涵義，用來表達位置。「中」則是「裡面、內」的涵義。表達位置時，名詞和名詞之間要加上「～の」，請注意。

誰が 誰

「誰が」是在「誰」的疑問詞後接助詞「～が」（主格助詞）的型態，代表「誰」的涵義。

いますか 有～嗎？

「います」可用於人或動物。是「有」的意思。後面接的「～か」表示疑問。請記住，對無生物、植物、事物要用「あります」。

02

<ruby>父<rt>ちち</rt></ruby>と<ruby>弟<rt>おとうと</rt></ruby>が います。

chi chi to o to u to ga i ma su

爸爸 和 弟弟 助詞 有、在

MP3_01-09-02

<ruby>父<rt>ちち</rt></ruby> 爸爸

「<ruby>父<rt>ちち</rt></ruby>」是「爸爸」。代表父親的單字，除了「<ruby>父<rt>ちち</rt></ruby>」以外，還有「お<ruby>父<rt>とう</rt></ruby>さん」。
「お<ruby>父<rt>とう</rt></ruby>さん」是「<ruby>父<rt>ちち</rt></ruby>」的尊稱。提到別人的爸爸時，不會用「<ruby>父<rt>ちち</rt></ruby>」，而是稱呼為
「お<ruby>父<rt>とう</rt></ruby>さん」。

<ruby>弟<rt>おとうと</rt></ruby> 弟弟

「<ruby>弟<rt>おとうと</rt></ruby>」是「弟弟」。「妹妹」則是「<ruby>妹<rt>いもうと</rt></ruby>」。日文裡沒有另外指「弟弟妹妹」的
單字。只有區分性別的「<ruby>弟<rt>おとうと</rt></ruby>」和「<ruby>妹<rt>いもうと</rt></ruby>」。叫別人的弟弟妹妹時，後面加上「さ
ん」即可。弟弟是「<ruby>弟<rt>おとうと</rt></ruby>さん」，妹妹則是「<ruby>妹<rt>いもうと</rt></ruby>さん」。

03

母 は いません。
はは

ha ha　wa　　i　ma se n

媽媽　主格助詞　　　不在

MP3_ **01-09-03**

母 媽媽
はは

「母」是「媽媽」。和「父」一樣，「お母さん」是尊稱。稱呼別人的媽媽時，
一定要叫「お母さん」。「母は」寫成平假名時為ははは。發音不是 [hahaha]，
一定要念成 [hahawa]。

 家族名稱

我的家族		稱呼其他人的家族		意思
父	ちち	お父さん	おとうさん	爸爸
母	はは	お母さん	おかあさん	媽媽
兄	あに	お兄さん	おにいさん	哥哥
姉	あね	お姉さん	おねえさん	姊姊
弟	おとうと	弟さん	おとうとさん	弟弟
妹	いもうと	妹さん	いもうとさん	妹妹

いません 沒有，不在

「いません」是「います」（有）的否定用法。要記住和「います」一樣，只能
用於人或動物。

04

居間_{いま} に 誰_{だれ}か いますか。
i ma ni da re ka i ma su ka
客廳 在 誰 在呢？

いいえ、誰_{だれ}も いません。
i i e da re mo i ma se n
不 誰都 不在

MP3_01-09-04

和房子有關的單字
・部屋(へや)
　房間
・居間(いま)
　客廳
・台所(だいどころ)
　廚房
・トイレ
　廁所
・玄関(げんかん)
　玄關

居間_{いま} 客廳

「居間」是「客廳」。也可用「応接間_{おうせつま}」，即接待室。

誰_{だれ}か 是誰

「誰_{だれ}か」是代表「是誰」的涵義。「誰_{だれ}＋か」的型態，後面接的「か」是「不確定的推測」。還記得前面出現類似的話嗎？詢問「誰_{だれ}か いますか」的話，不管是誰都沒關係，是詢問「是否有」，只要回答「はい」（是、有），或回答「いいえ」（不、沒有）即可。詢問「誰_{だれ}が いますか」是「誰在那裡」，因此不能用「はい、いいえ」回答。

誰_{だれ}も 誰都

「誰_{だれ}も」是「誰_{だれ}＋も」的型態。後面通常會接否定用法，因此是否定句。後面通常伴隨「いません」（沒有）的否定用法。「誰_{だれ}も いません」（什麼人都沒有）是表達完全否定的用法。

例 事務室_{じむしつ}に 誰_{だれ}も いません。辦公室裡誰都不在。

單字整理
事務室(じむしつ)
辦公室

01　🎧 MP3_ **01-09-05**

房間裡有誰？

部屋の 中に 誰が いますか。
he ya no naka ni dare ga i ma su ka

① 居間
i ma

② 台所
da i do ko ro

③ 家の 中
i e no na ka

④ 学校
ga kko u

📖 單字整理

□ 家の 中　家裡
i e　　na ka

02　🎧 MP3_ **01-09-06**

有爸爸和弟弟。

父と 弟が います。
chi chi to　o to u to ga　i ma su

① 学生
ga ku se i

② 田中さん
ta na ka sa n

③ 父
chi chi

④ 妹
i mo u to

① 先生
se n se i

② 私
wa ta shi

③ 母
ha ha

④ 弟
o to u to

03

🎧 MP3_01-09-07

媽媽不在。

はは
母は いません。
ha ha wa　i ma se n

- ① 学生
  ga ku se i
- ② 田中さん
  ta na ka sa n
- ③ 父
  chi chi
- ④ 弟
  o to u to

04

🎧 MP3_01-09-08

有誰在客廳嗎？

いま　　だれ
居間に 誰か いますか。
i ma　ni　da re ka　i ma su ka

不，什麼人都沒有。

　　　　だれ
いいえ、誰も いません。
i i e　　da re mo　i ma se n

- ① 部屋の 中
  he ya no　na ka
- ② 台所
  da i do ko ro
- ③ 銀行
  gi n ko u
- ④ 会議室の 中
  ka i gi shi tsu no　na ka

📖 **單字整理**

□ 会議室：會議室

➡ 時宇和史密斯談論家人。

スミス 部屋の 中に 誰が いますか。
he ya no na ka ni da re ga i ma su ka

請翻譯

シウ 父と 弟が います。
chi chi to o to u to ga i ma su

スミス お母さん も いますか。
o ka a sa n mo i ma su ka

シウ いいえ、母は いません。
i i e ha ha wa i ma se n

母は 台所に います。
ha ha wa da i do ko ro ni i ma su

スミス 居間に 誰か いますか。
i ma ni da re ka i ma su ka

シウ いいえ、誰も いません。
i i e da re mo i ma se n

史密斯 房間裡面有誰呢？

時宇 有爸爸和弟弟。

史密斯 媽媽也在嗎？

時宇 不，媽媽不在。

媽媽在廚房。

史密斯 有誰在客廳嗎？

時宇 不，什麼人都沒有。

單字整理

□ 誰 誰

□ いますか 有嗎？（人、動物）

□ 父 （自己的）爸爸

□ 弟 弟弟

□ います 有（人、動物）

□ お母さん （自己／別人的）媽媽

□ 母 （我的）媽媽

□ いません 沒有（人、動物）

□ 台所 廚房

□ 居間 客廳

□ 誰か 有誰

□ 誰も 誰都

部屋の 中に
誰が いますか。

父と 弟が います。

1 請參考範例回答下列問題。

範例 部屋の 中に 誰が いますか。(父)
　　→ 父が います。

1 部屋の 中に 誰が いますか。(弟)

　　→ _____

2 会議室の 中に 誰が いますか。(田中さん)

　　→ _____

2 請參考範例回答下列問題。

範例 部屋の 中に お母さんも いますか。
　　→ はい、部屋の 中に 母も います。
　　→ いいえ、部屋の 中に 母は いません。

1 台所に お父さんも いますか。

　　→ いいえ、_____

2 部屋の 中に 弟さんも いますか。

　　→ はい、_____

3 請將下列中文翻譯為日文。

1 房間裡有誰？

　　→ _____

2 房間裡什麼人都沒有。

　　→ _____

有趣的日本故事

飯店

近年來有很多人會去日本旅行。相較於受限的旅行團行程,大部分的人會選擇可以自己決定一切的自助旅行。

日本有各式各樣的住宿設施,預約飯店時不是以房間計價,而是以投宿旅客的人數計算住宿費。還有,預約時最好先確認是否有包含早餐。

◎ 位置名詞

上(うえ) 上面　　　　下(した) 下面　　　中(なか) 裡面、內

前(まえ) 前面　　　　後(うし)ろ 後面　　側(そば) 旁邊　　　横(よこ) 旁邊　　　となり 旁邊

右(みぎ) 右邊　　　　左(ひだり) 左邊

◎ ～に 在～（位置、地點）

◎ ～や 和～，或～（列舉、羅列）

◎ ～など ～等（列舉、羅列）

◎ ～が 主格助詞

◎ 表達存在

無生物、植物、事物	人、動物
あります 有	います 有
ありますか 有嗎？	いますか 有嗎？
ありません 沒有	いません 沒有

A：何_{なに}が ありますか。 有什麼呢？
B：ノートが あります。 有筆記本。

A：何_{なに}か ありますか。 有沒有什麼呢？
B：はい、あります。 是的。有。
　　いいえ、何_{なに}も ありません。 不，什麼都沒有。

A：誰_{だれ}が いますか。 有誰呢？
B：父_{ちち}が います。 有爸爸。

A：誰_{だれ}か いますか。 有沒有人呢？
B：はい、います。 是的，有。
　　いいえ、誰_{だれ}も いません。 不，什麼人都沒有。

1 請看圖片回答下列問題。

1 部屋の 中に 誰が いますか。

→ _____

2 机の 上に 何が ありますか。

→ _____

3 椅子の 下に 何が ありますか。

→ _____

4 妹も いますか。

→ _____

5 机の 上に ノートが ありますか。

→ _____

2 閱讀下列的句子，正確的劃○，錯誤的劃×，並找出錯誤的部分改成正確的。

1　机の 上に 何も あります。（　　　）

2　椅子の 下に かばんが あります。（　　　）

3　部屋の 中に だれが いますか。（　　　）

4　会社に 田中さんが あります。（　　　）

5　かばんの 中に 本が あります。（　　　）

6　スーパーに くだものが います。（　　　）

3 正確地連結下列句子。

1　椅子の 上に 本が　　　・　・　います。

2　机の 上に 何も　　　・　・　あります。

3　部屋の 中に 誰も　　　・　・　いません。

4　部屋の 中に
　　田中さんが　　　・　・　ありません。

4 請將下列句子翻譯為日文。

1　書桌上有書。

　　→ _____

2　房間裡有弟弟。

　　→ _____

3　椅子下面什麼都沒有。

　　→ _____

4　書包裡面有書嗎？

　　→ _____

5　書桌上有書、鉛筆和橡皮擦等。

　　→ _____

6　房間裡什麼人都沒有。

　　→ _____

7　房間裡有媽媽和爸爸。

　　→ _____

CHAPTER

10

なん じ
何時に
お
起きますか。

幾點起床呢？

📖 **學習目標**

■ 第二類動詞
■ 第三類動詞
■ 動詞的ます形 **ます**（做～）
■ 動詞的ます形 **ません**（不做～）

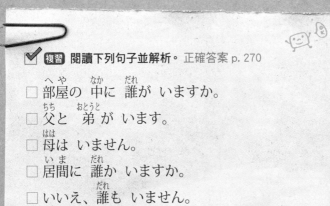

✔ 複習 **閱讀下列句子並解析。** 正確答案 p. 270

□ 部屋の 中に 誰が いますか。
　へや　なか　だれ
□ 父と 弟が います。
　ちち　おとうと
□ 母は いません。
　はは
□ 居間に 誰か いますか。
　いま　だれ
□ いいえ、誰も いません。
　　　　だれ

01

あなた は 何時に 起きますか。

你 主格助詞 幾點 在 起床呢？

MP3_01-10-01

何時に 幾點

「何時」是「幾點」，在時間後面會用助詞「に」。

例 九時に 9點

起きますか 起床呢？

「起きますか」是「起き＋ます＋か」的型態。「か」是表達疑問的「か」，「～ます」接在動詞後面，有「做～」的涵義。「起き」是「起きる」（起床）的ます形。「起きる」的「起き」是語幹，「る」是語尾。像這樣語尾是「る」，語幹最後一個字的發音是「い段」和「え段」的動詞，稱為「第二類動詞」。觀察「起きる」，語尾是「る」，語幹最後一個字是「き」。「き」是「か行（か、き、く、け、こ）」中的「い段」，因此分類為第二類動詞。
第二類動詞加上「～ます」時，要先去掉語尾「る」後，再加上「～ます」。像這樣加上「～ます」，變化動詞稱為「ます形」。

例 起きる 起床 ＋ ます 做～ → 起きます 起床

・日文的動詞，全部的語尾都是以「う段」結尾。
・第二類動詞要轉換為其他表現形式時，一定要先去掉「る」，再加上其他字。
・加上「ます」的話，把前面的單字當作動詞即可。
・若想了解更多的第二類動詞，請參考隨身手冊31頁。

02 何 を しますか。

なに

什麼 受格助詞 做呢？

朝ごはん を 食べます。

あさ た

早餐 受格助詞 吃

MP3_ 01-10-02

何を 什麼

なに

不讀成「なんを」。「～を」是受格助詞。

しますか 做呢？

「しますか」是「します＋か」的型態。「します」是動詞「する」（做）的禮貌用法。日文的動詞有兩個不規則變化的動詞，這兩個動詞分類為「第三類動詞」。第三類動詞其中之一是「する」。因為沒有固定的規則，因此最好將變化的型態全部都背起來。另一個是代表「來」涵義的動詞「来る」。

く

例 する 做 → します 做

来る 來 → 来ます 來 ＝ 第三類動詞

く き

朝ごはん 早餐

あさ

「朝」是「早上」，「ごはん」是「飯」的涵義。兩個名詞變成一個單字，

あさ

「朝」和「ごはん」之間不加「の」，只要說「朝ごはん」即可。

あさ

朝(あさ)ごはん
早餐
昼(ひる)ごはん
午餐
晩(ばん)ごはん
晩餐

食べます 吃

た

「食べます」這個動詞是「吃」的涵義，「食べる」的禮貌用法。「食べる」語尾為「る」，語幹最後一個字的發音是「え段」的「べ」結尾，因此是第二類動詞。第二類動詞的禮貌形用法，去掉「る」加上「ます」即可，請務必要記住。

た た

例 食べる 吃 → 食べます 吃

た た

03

朝<small>あさ</small>は、テレビ は 見<small>み</small>ません。

<small>早上 在 電視 助詞 不看</small>

MP3_ 01-10-03

朝<small>あさ</small>は 在早上

表達「在早上」時，不用「朝<small>あさ</small>には」，而是用「朝<small>あさ</small>は」。表達時間時，要表達「在～」，不用「～には」，而是只用「～は」。

例 朝<small>あさ</small>は 在早上（早上）

夜<small>よる</small>は 在晚上（晚上）

見<small>み</small>ません 不看

「見<small>み</small>ません」是「不看」的意思。「見<small>み</small>る」這個動詞有「看」的涵義，和表達否定禮貌形的「～ません」結合的型態。「見<small>み</small>る」語尾為「る」，語幹最後一個字的發音是「い段」的「み」，因此是第二類動詞。第二類動詞的否定禮貌形的表現只要去掉語尾「る」，加上「～ません」即可。

例 見<small>み</small>る 看 → 見<small>み</small>ません 不看

單字整理

テレビ 電視

夜(よる) 夜晚

04

8時に うち を 出ます。
はち じ　　　　　　　　　で
8點　在　家　受格助詞　出去

和「出る」很類似，經常使用的動詞是「出かける」（出來；外出）。「出かける」會使用於有明確目的或目的地的句子。

うち 家

「うち」是「家」的意思。在日文裡，「家」也能用「いえ」。「うち」和「いえ」的差異是，「いえ」是英文的「house」，是以建築物為主體的家。「うち」是英文的「home」，是以家庭為主體的家。

出ます 出來
で

「出ます」是「出來」的意思。「出ます」的基本形是「出る」（出來）加上「ます」的型態。「出る」的語尾是「る」，語幹最後一個字的發音是「え段」的「で」，因此為第二類動詞。動詞的變化較複雜，要經常練習才會熟悉。

うちを 出る 離開家
　　　　で

「うちを 出る」是「離開家；出來」的涵義。不是離家出走的意思，而是為了去某個地方出來的涵義。此為常用用法，可直接背下來。

01 🎧 MP3_ 01-10-05

你幾點起床呢？

あなたは 何時（なんじ）に 起（お）きますか。

① 寝（ね）る
② 出（で）る
③ 来（く）る
④ 出（で）かける

📖 單字整理
□ 寝（ね）る 睡覺

02 🎧 MP3_ 01-10-06

吃早餐。

朝（あさ）ごはんを 食（た）べます。

① テレビを 見（み）る
② 早（はや）く 寝（ね）る
③ うちを 出（で）る
④ 勉強（べんきょう）を する

📖 單字整理
□ 早（はや）く 寝（ね）る 早點睡
□ 勉強（べんきょう）を する 念書

176

03

🎧 MP3_**01-10-07**

早上不看電視。

<ruby>朝<rt>あさ</rt></ruby>は、テレビは <ruby>見<rt>み</rt></ruby>ません。

① <ruby>朝<rt>あさ</rt></ruby> <ruby>7<rt>しち</rt>時<rt>じ</rt></ruby>には <ruby>起<rt>お</rt></ruby>きる
② <ruby>夜<rt>よる</rt></ruby> <ruby>10<rt>じゅう</rt>時<rt>じ</rt></ruby>には <ruby>寝<rt>ね</rt></ruby>る
③ <ruby>朝<rt>あさ</rt></ruby>ごはんは <ruby>食<rt>た</rt></ruby>べる
④ <ruby>窓<rt>まど</rt></ruby>は <ruby>開<rt>あ</rt></ruby>ける

📚 **單字整理**
□ <ruby>窓<rt>まど</rt></ruby> 窗戶
□ <ruby>開<rt>あ</rt></ruby>ける 開

04

🎧 MP3_**01-10-08**

8點出門。

<ruby>8<rt>はち</rt>時<rt>じ</rt></ruby>に うちを <ruby>出<rt>で</rt></ruby>ます。

① ごはんを <ruby>食<rt>た</rt></ruby>べる
② テレビを <ruby>見<rt>み</rt></ruby>る
③ <ruby>勉強<rt>べんきょう</rt></ruby>を する
④ <ruby>電気<rt>でんき</rt></ruby>を つける

📚 **單字整理**
□ <ruby>電気<rt>でんき</rt></ruby>を つける
　開電燈

🎧 慢 MP3_01-10-09　　🎧 正常 MP3_01-10-10

➡️ 時宇詢問由利江一天的行程。

シウ　あなた は 何時 に 起きますか。

請翻譯 🖊

ゆりえ　私 は 7時 に 起きます。

シウ　それから、何 を しますか。
　　　　之後

ゆりえ　朝ごはん を 食べます。

シウ　テレビ を 見ますか。

ゆりえ　いいえ。朝 は、テレビ は 見ません。

シウ　何時 に うち を 出ますか。

ゆりえ　8時 に うち を 出ます。

時宇　　妳幾點起床呢？

由利江　我7點起床。

時宇　　之後做什麼呢？

由利江　吃早餐。

時宇　　看電視嗎？

由利江　不，早上不看電視。

時宇　　幾點出門呢？

由利江　8點出門。

📖 單字整理

- □ 起きる 起床
- □ それから 之後
- □ 何 什麼
- □ ～を 受格助詞
- □ する 做
- □ 朝ごはん 早餐
- □ 食べる 吃
- □ テレビ 電視
- □ 見る 看
- □ 朝 早上
- □ うち 家
- □ 出る 出來；出去

何時に 起きますか。

7時に 起きます。

1 請參考範例回答下列問題。

> 範例 テレビを 見^みますか。 → <u>テレビは 見^みません。</u>

1 朝^{あさ}ごはんを 食^たべますか。 → _____

2 勉強^{べんきょう}を しますか。 → _____

3 窓^{まど}を 開^あけますか。 → _____

2 請參考範例回答下列問題。

> 範例 7時^{しちじ}に 起^おきる → <u>7時^{しちじ}に 起^おきます。</u>

1 勉強^{べんきょう}を する → _____

2 テレビを 見^みる → _____

3 朝^{あさ}ごはんを 食^たべる → _____

3 請將下列中文翻譯為日文。

1 你幾點起床？

→ _____

2 吃早餐。

→ _____

3 不看電視。

→ _____

有趣的日本故事

居酒屋（いざかや）

近來在台灣也有許多日式居酒屋。關於居酒屋的由來眾說紛紜，有人說是源自於賣酒的「酒屋（さかや）」，本來是只有賣酒的地方，後來有越來越多人留在那裏喝酒，隨著時間經過，也開始販賣下酒菜。另一說是「酒屋（さかや）」本指釀酒的建築物，後來指有賣酒的地方。「居」是「居る（い）」，即坐的意思，坐在店裡輕鬆地喝酒稱為「居酒（いざけ）」。

CHAPTER

11

でんしゃ

電車で 行きます。

い

坐電車去。

📖 **學習目標**

■ 第一類動詞
■ 動詞的ます形 **ます** （做～）
■ 動詞的ます形 **ません** （不做～）

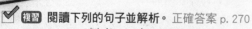

☑ 複習 閱讀下列的句子並解析。 正確答案 p. 270

□ あなたは 何時に 起きますか。
  なんじ   お

□ 何を しますか。
  なに

□ 朝ごはんを 食べます。
  あさ   た

□ 朝は テレビは 見ません。
  あさ   み

□ 8時に うちを 出ます。
  はちじ   で

01

会社 は 電車で 行きます。

かいしゃ　　　　でんしゃ　　い
公司　主格助詞　電車　用　　去

🎧 MP3_01-11-01

表示「手段、工具」的「で」前放代表「什麼」的「何」時，讀成「なにで」。

～で 用～

助詞「～で」是使用在多元情況的助詞。前面在第三章學過代表「原因、理由」的「～で」。上述句子的「～で」和這個不一樣，此為代表「手段、工具」的「～で」。解釋為「用～」即可。

例 A　ケーキは 何で 食べますか。要用什麼吃蛋糕？
　　　　　　　　なに　　た

　　B　ケーキは フォークで 食べます。用叉子吃蛋糕。
　　　　　　　　　　　　　　　　た

　　A　学校は 何で 来ますか。怎麼來學校的？
　　　がっこう　なに　き

　　B　学校は バスで 来ます。坐巴士來學校。
　　　がっこう　　　　き

若想進一步了解第一類動詞，請參考隨身手冊p.29。

行きます 去
　い

「行きます」是「行き＋ます」的型態，基本形是動詞「行く」。前面同時整理過第二類動詞和第三類動詞，除了第二類動詞和第三類動詞外，全部都是第一類動詞。再仔細地觀察第一類動詞的型態，語尾為「る」，語幹最後一個字的發音為「あ段、う段、お段」的動詞，全部都是第一類動詞。還有語尾不是「る」的動詞，全部都屬於第一類動詞。「行く」屬於語尾不是る的動詞，因此將之分類為第一類動詞。

第一類動詞的ます形是將語尾「う段」改為「い段」。透過「行く」觀察，是將語尾「く」改為「い段」的「き」。這裡加上「～ます」就成了禮貌形的用法。

例 行く 去 → 行きます 去
　　い　　　　　い

◆ 單字整理

電車(でんしゃ)
電車
ケーキ 蛋糕
フォーク 叉子
バス 巴士

02

さんじゅっぷん
３０分 ぐらい かかります。

30分鐘　　　左右　　　　　需要

MP3_01-11-02

さんじゅっぷん
３０分 30分鐘

30分（さんじゅっぷん）是代表「30分鐘」的時間。

1分鐘	2分鐘	3分鐘	4分鐘	5分鐘
いっぷん	にふん	さんぷん	よんぷん	ごふん
6分鐘	7分鐘	8分鐘	9分鐘	10分鐘
ろっぷん	ななふん	はっぷん	きゅうふん	じゅっぷん

～ぐらい ～左右

「～ぐらい」接在名詞後，代表「～左右」的涵義。和「～ぐらい」有相同涵義的還有「～くらい」。差別在於發音不同，還有「～くらい」主要是放在「この（這）、その（那）、あの（那）、どの（某個）」的後面。

さんじゅっぷん
例 ３０分ぐらい 30分鐘左右

このくらい 這種程度

かかります 需要，花費

一併記住「需要時間」的用法。
時間（じかん）が
かかる
需要時間

「かかる」是代表需要（天、時間、費用等）涵義的第一類動詞。「かかる」語尾為「る」，語幹最後的字是「あ段」其中之一的「か」，所以將之分類為第一類動詞。因此將「かかる」的ます形語尾「る」，換成「い段」的「り」，變成「かかり」，再加上「～ます」，變成「かかります」，是表示「需要」涵義的禮貌形用法。

例 かかる 需要 → かかります 需要

03

すぐ うちへ 帰^{かえ}りますか。

立刻　　家　往　　回去嗎？

MP3_01-11-03

すぐ 立刻、馬上

表示時間概念的副詞。此為常用的用法，一定要記住。

〜へ 〜往，在〜

「〜へ」接在地點後。表達移動、進行的目標地點或方向的助詞，一般解釋為「往〜、在〜」。要注意一件事，「へ」雖然發音是[he]，但是當助詞使用時要發音為 [e]。

接在地點後的助詞除了「〜へ」，還有「〜に」。
「〜に」是沒有移動，位於某個地點時使用，「〜へ」則是移動時使用，差異在此。

帰^{かえ}りますか 回去嗎？

「帰ります」是動詞「帰^{かえ}る」的禮貌形用法。「帰^{かえ}る」語尾為「る」，語幹最後一個字發音是「え段」，看起來像是第二類動詞，然而真正的變化形態，其實是根據第一類動詞的規則。這樣的動詞，也就是表面上是第二類動詞，然而變化形態根據第一類動詞規則的動詞，將之當作例外，分類為第一類動詞。「帰^{かえ}る」的ます形根據第一類動詞的規則，語尾「る」換成「い段」的「り」，變成「帰^{かえ}り」。代表性的例外第一類動詞如下所示。

說「回自己的家」時不會說「行^いく」，而是用「帰^{かえ}る」。

例　帰^{かえ}る 回去，回來　　　　　　入^{はい}る 進去，進來

　　要^いる 需要　　　　　　　　　切^きる 切，切斷

　　走^{はし}る 跑，奔跑　　　　　　參^{まい}る 來，去

　　散^ちる 掉落，凋謝

04 たまに 友_{とも}だち に 会_あいます。
偶爾　　　　朋友　　助詞　　見面

MP3_ 01-11-04

○ たまに 偶爾

「たまに」是代表「偶爾」涵義的副詞。

○ 〜に 会_あいます 見面〜

「会_あいます」的基本形是「会_あう」（見面）。「会_あう」是第一類動詞，語尾「う」改成「い段」的「い」，加上「ます」就成了禮貌形的用法。

例 会_あう 見面 → 会_あいます 見面

說「見某人」時不用「〜を 会_あう」，而是用「〜に 会_あう」。有一些助詞的位置不用「〜を」，而是用「〜に」。最具代表性的是「会_あう」，還有「乗_のる」。「乗_のる」是「坐、上」的涵義。坐車或巴士時用「乗_のる」。

例 友_{とも}だちに 会_あう 見朋友

バスに 乗_のる 坐巴士

01 🎧 MP3_ 01-11-05

坐電車去公司。

かいしゃ　　でんしゃ　　い
会社は **電車**で 行きます。

① 銀行（ぎんこう）　　① バス
② 学校（がっこう）　　② 地下鉄（ちかてつ）
③ 会社（かいしゃ）　　③ 車（くるま）
④ デパート　　　　④ タクシー

> 📖 **單字整理**
> □ 地下鉄（ちかてつ） 地鐵
> □ タクシー 計程車

02 🎧 MP3_ 01-11-06

需要30分鐘左右。

さんじゅっぷん
３０分ぐらい かかります。

① 7分（なな ふん）
② 10分（じゅっ ぷん）
③ 20分（にじゅっぷん）
④ 5分（ご ふん）

03

🎧 MP3_ **01-11-07**

馬上回家嗎？

すぐ **うちへ** 帰^{かえ}りますか。

① お風呂^{ふ ろ}に 入^{はい}る
② 電車^{でんしゃ}が 来^くる
③ 花^{はな}が 散^ちる
④ 電車^{でんしゃ}に 乗^のる

📖 **單字整理**
□ お風呂^{ふ ろ}に 入^{はい}る 洗澡
□ 花^{はな}が 散^ちる 花凋謝
□ 電車^{でんしゃ}に 乗^のる 坐電車

04

🎧 MP3_ **01-11-08**

偶爾和朋友見面。

たまに **友^{とも}だちに 会^あい**ます。

① デパートへ 行^いく
② タクシーに 乗^のる
③ 仕事^{し ごと}を する
④ うちへ 帰^{かえ}る

📖 **單字整理**
□ 仕事^{し ごと} 工作、業務

🎧慢 MP3_01-11-09　　🎧正常 MP3_01-11-10

➡ 時宇詢問由利江一天的行程。

シウ　会社(かいしゃ) は 何(なに)で 行(い)きますか。

請翻譯

ゆりえ　会社(かいしゃ) は 電車(でんしゃ)で 行(い)きます。

シウ　会社(かいしゃ) までは 何分(なんぷん) ぐらい かかりますか。

ゆりえ　３０分(さんじゅっぷん) ぐらい かかります。

シウ　何時(なんじ) から 何時(なんじ) まで 仕事(しごと) を しますか。

ゆりえ　9時(くじ) から 6時(ろくじ) まで です。

シウ　すぐ うちへ 帰(かえ)りますか。

ゆりえ　たまに 友(とも)だち に 会(あ)いますが、

　　　たいてい うちへ 帰(かえ)ります。

　　　　大致

時宇　　妳怎麼去公司的？

由利江　坐電車去的。

時宇　　坐到公司需要幾分鐘左右？

由利江　需要30分鐘左右。

時宇　　工作從幾點開始到幾點為止？

由利江　9點開始到6點為止。

時宇　　下班會馬上回家嗎？

由利江　偶爾會和朋友見面，但一般都會回家。

單字整理

- □ 会社 公司
- □ 何で 用什麼
- □ 行く 去
- □ 電車 電車
- □ ～までは 到～為止
- □ 何分 幾分
- □ ～くらい（ぐらい）　～左右
- □ かかる 花費
- □ ３０分 30分鐘
- □ 仕事 工作、業務
- □ すぐ 立刻
- □ ～へ 往～、在～
- □ 帰る 回去
- □ たまに 偶爾
- □ 友だち 朋友
- □ ～に会う ～見面
- □ ～が ～雖然
- □ たいてい 一般，大致

会社は 何で 行きますか。

会社は 電車で 行きます。

1 請將下列動詞分類。

1 行<ruby>行<rt>い</rt></ruby>く：(　　　)　　　　2 入<ruby>入<rt>はい</rt></ruby>る：(　　　)

3 飲<ruby>飲<rt>の</rt></ruby>む：(　　　)　　　　4 食<ruby>食<rt>た</rt></ruby>べる：(　　　)

5 帰<ruby>帰<rt>かえ</rt></ruby>る：(　　　)　　　　6 来<ruby>来<rt>く</rt></ruby>る：(　　　)

7 乗<ruby>乗<rt>の</rt></ruby>る：(　　　)　　　　8 散<ruby>散<rt>ち</rt></ruby>る：(　　　)

9 見<ruby>見<rt>み</rt></ruby>る：(　　　)　　　　10 会<ruby>会<rt>あ</rt></ruby>う：(　　　)

11 する：(　　　)　　　　12 参<ruby>参<rt>まい</rt></ruby>る：(　　　)

2 請將動詞改寫為禮貌形的用法（〜ます）。

1 行<ruby>行<rt>い</rt></ruby>く →　　　　　　　2 する →

3 飲<ruby>飲<rt>の</rt></ruby>む →　　　　　　　4 食<ruby>食<rt>た</rt></ruby>べる →

5 帰<ruby>帰<rt>かえ</rt></ruby>る →　　　　　　　6 来<ruby>来<rt>く</rt></ruby>る →

7 乗<ruby>乗<rt>の</rt></ruby>る →　　　　　　　8 見<ruby>見<rt>み</rt></ruby>る →

9 入<ruby>入<rt>はい</rt></ruby>る →　　　　　　　10 会<ruby>会<rt>あ</rt></ruby>う →

3 請將下列句子翻譯為日文。

1 坐電車去公司。

→ _____

2 從幾點開始工作？

→ _____

3 馬上回家嗎？

→ _____

有趣的日本故事

地震快報

日本是個地震頻繁的國家。一年內會發生幾次大地震，而人們幾乎感受不到的地震，則幾乎是每天都在發生。因此，倘若長期居住在日本，當然有可能會體驗到地震。前往日本短暫旅行時，有時會體驗到地震，有時則不會。倘若旅行途中感覺到地震，請立刻打開電視，沒過多久就會出現字幕快報。可確認地震發生的地方、地區的震度、發生海嘯的機率等，幾乎是即時報導。

映画を見ましたか。

看過電影了嗎？

📖 學習目標

■ 動詞的ます形 **ました**（做了～）
■ 動詞的ます形 **ませんでした**（沒做～）

☑️ 複習 **閱讀下列句子並解析。** 正確答案 p. 270

□ 会社は 電車で 行きます。
□ 30分ぐらい かかります。
□ すぐ うちへ 帰りますか。
□ たまに 友だちに 会います。

01

<ruby>昨日<rt>きのう</rt></ruby>、<ruby>映画<rt>えい が</rt></ruby> を <ruby>見<rt>み</rt></ruby>ましたか。

昨天　　　電影　受格助詞　　　看了嗎？

MP3_ 01-12-01

いいえ、<ruby>見<rt>み</rt></ruby>ませんでした。

不　　　　　　沒看

<ruby>昨日<rt>きのう</rt></ruby> 昨天

「<ruby>昨日<rt>きのう</rt></ruby>」是代表「昨天」涵義的名詞。使用時搭配過去式。要注意是發長音。要和「昨日」一起熟記的用法如下所述。

前天	昨天	今天	明天	後天
おととい	昨日(きのう)	今日(きょう)	明日(あした)	あさって

<ruby>映画<rt>えい が</rt></ruby> 電影

「<ruby>映画<rt>えい が</rt></ruby>」是「電影」的意思。要注意「<ruby>映画<rt>えい が</rt></ruby>」也是發長音。

<ruby>見<rt>み</rt></ruby>ましたか 看了嗎？

「<ruby>見<rt>み</rt></ruby>る」（看）是第二類動詞，ます形加上「～ました」就成了禮貌形的過去式用法。「見ましたか」是「看了嗎？」的意思，是「～ました」加上表達疑問的「か」的表達。

<ruby>見<rt>み</rt></ruby>ませんでした 沒看

「<ruby>見<rt>み</rt></ruby>る」（看）這類第二類動詞，在ます形加上「～ませんでした」，就成了意指「沒做～」的禮貌形過去式否定用法。

例 <ruby>見<rt>み</rt></ruby>る 看 → <ruby>見<rt>み</rt></ruby>ませんでした 沒看

02 残業で、会社に いました。
加班 因 公司 在 （留）在

MP3_ 01-12-02

○ 残業 加班

「残業」直譯是「殘業」，也就是指「一般時間以外的工作」。

○ いました 有

「いました」是「い＋ました」的型態，這裡的「い」是「いる」的ます形。「いる」是代表「有人或動物」涵義的第二類動詞。第九章學過的「います」的基本形就是「いる」。當時還沒學動詞，而將「います」說明為「有」的涵義，現在則可以知道，「います」是第二類動詞「いる」的禮貌形用法。表達存在的另一個用法，第八章學過的「あります」是第一類動詞「ある」的禮貌形用法。

例 いる 有 → います 有 → いました 曾有

　　ある 有 → あります 有 → ありました 曾有

03

残業の 後、一杯 飲みました。
加班　　　後　　一杯　　　喝了

MP3_ 01-12-03

「後（あと）」的
多元涵義
1.（位置的）後面
2.（時間上）之後
3. 後天
4. 繼任者
5. 後人
6. 其他的事

～の 後 ～後

「後」有多元的涵義，這裡是當作時間的「之後」的涵義使用。請不要和位置名詞「後ろ」（後、後面）搞混。

一杯 一杯

「一杯」有各種意思。表達杯子數量的「一杯」，也能用來表達「喝了一杯酒」時的「一杯」，也有「充滿」的涵義。上述的句子是「喝一杯酒」時的「一杯」。算杯子個數的方法是數字後加上「杯」即可，根據前面的數字發音，後面的杯的發音也會不同。請參考下表。

1杯	2杯	3杯	4杯	5杯
1杯(いっぱい)	2杯(にはい)	3杯(さんばい)	4杯(よんはい)	5杯(ごはい)
6杯	7杯	8杯	9杯	10杯
6杯(ろっぱい)	7杯(ななはい)	8杯(はっぱい)	9杯(きゅうはい)	１０杯(じゅっぱい)

飲みました 喝了

「飲む」（喝）是將第一類動詞語尾「む」改成「み」，加上「ました」就變成禮貌形的過去式用法。喝水或飲料時的「喝」，在日文裡用「飲む」。水或飲料不是用「食べる」，而是用「飲む」，請務必要記住。「飲む」的相關用法中，經常使用的是「吃藥」的「薬を 飲む」。中文是說「吃藥」，但日文是「喝藥」，也就是「薬を 飲む」。

04 おいしい もの、たくさん 食べました。
好吃的　　　東西　　　很多　　　　吃了

おいしい もの 好吃的東西

「おいしい」是指「好吃的」涵義的い形容詞。い形容詞修飾名詞時，直接使用基本形。「もの」是指「東西」涵義的名詞，指具體的東西。因此，「おいしい もの」解釋為「好吃的東西」即可。

たくさん 很多

「たくさん」是表達「很多」涵義的副詞。「たくさん」發音時，重點在於「く」要輕聲發音。這和第一章說明過的「がくせい」發音的要領一樣。

食べました 吃了
第二類動詞「食べる」（吃）的ます形，「食べ」加上「～ました」就變成禮貌形的過去式用法。

例 食べる 吃 → 食べました 吃了

連接動詞ます形的用法整理

動詞的ます形	+	ます	做～
		ません	沒做～
		ました	做了～
		ませんでした	（過去）沒做～

01　🎧 MP3_01-12-05

昨天看了電影嗎？

きのう　えいが　み
昨日、映画を 見ましたか。

不，沒看。

み
いいえ、見ませんでした。

ゆう　　　　　　　　た
① 夕べ、ごはんを 食べる

せんしゅう　しごと
② 先週、仕事を する

けさ
③ 今朝、コーヒーを 飲む

かいしゃ　い
④ おととい、会社へ 行く

た
① 食べる

② する

の
③ 飲む

い
④ 行く

📖 **單字整理**
- □ 夕べ 昨天晚上
- □ 今朝 今天早上
- □ コーヒー 咖啡

02　🎧 MP3_01-12-06

因為加班，待在公司。

ざんぎょう　　　　かいしゃ
残業で 会社に いました。

びょうき
① 病気

かぜ
② 風邪

やす
③ 休み

④ セール

かいしゃ　やす
① 会社を 休む

くすり　の
② 薬を 飲む

③ うちに いる

か
④ スカートを 買う

📖 **單字整理**
- びょうき
□ 病気 病
- かぜ
□ 風邪 感冒
- やす
□ 休む 休息
- か
□ 買う 買

03 🎧 MP3_01-12-07

加班後，喝了一杯。

<ruby>残業<rt>ざんぎょう</rt></ruby>の <ruby>後<rt>あと</rt></ruby>、<ruby>一杯<rt>いっぱい</rt></ruby> <ruby>飲<rt>の</rt></ruby>みました。

① <ruby>仕事<rt>しごと</rt></ruby>

② <ruby>勉強<rt>べんきょう</rt></ruby>

③ <ruby>買<rt>か</rt></ruby>い<ruby>物<rt>もの</rt></ruby>

④ <ruby>山登<rt>やまのぼ</rt></ruby>り

① ごはんを <ruby>食<rt>た</rt></ruby>べる

② <ruby>映画<rt>えいが</rt></ruby>を <ruby>見<rt>み</rt></ruby>る

③ うちへ <ruby>帰<rt>かえ</rt></ruby>る

④ <ruby>一杯<rt>いっぱい</rt></ruby> <ruby>飲<rt>の</rt></ruby>む

📖 單字整理

□ <ruby>買<rt>か</rt></ruby>い<ruby>物<rt>もの</rt></ruby> 購物
□ <ruby>山登<rt>やまのぼ</rt></ruby>り 登山

04 🎧 MP3_01-12-08

吃了很多好吃的東西。

おいしい もの、たくさん <ruby>食<rt>た</rt></ruby>べました。

① <ruby>安<rt>やす</rt></ruby>い <ruby>服<rt>ふく</rt></ruby>

② <ruby>冷<rt>つめ</rt></ruby>たい ジュース

③ <ruby>好<rt>す</rt></ruby>きな <ruby>乗<rt>の</rt></ruby>り<ruby>物<rt>もの</rt></ruby>

④ おもしろい <ruby>映画<rt>えいが</rt></ruby>

① <ruby>買<rt>か</rt></ruby>う

② <ruby>飲<rt>の</rt></ruby>む

③ <ruby>乗<rt>の</rt></ruby>る

④ <ruby>見<rt>み</rt></ruby>る

📖 單字整理

□ <ruby>服<rt>ふく</rt></ruby> 衣服
□ <ruby>冷<rt>つめ</rt></ruby>たい 冰的
□ ジュース 果汁
□ <ruby>乗<rt>の</rt></ruby>り<ruby>物<rt>もの</rt></ruby> 遊樂器材，交通工具
□ おもしろい 有趣的

➡ 時宇和由利江在聊天。

シウ 　昨日、映画を 見ましたか。
請翻譯

ゆりえ 　いいえ、見ませんでした。

　　　 残業 で、会社 に いました。

シウ 　残念でしたね。
　　　　　　真可惜。

ゆりえ 　でも、残業 の 後、一杯 飲みました。

　　　 おいしい もの、たくさん 食べました。

　　　 気持ち よかったですよ。

残念でしたね 真可惜

對方發生不好的事，或是事情不順利時，經常用來作為安慰對方的話。

時宇　　昨天看了電影嗎？

由利江　不，沒看。

　　　　因為加班，待在公司。

時宇　　真可惜。

由利江　不過下班後，喝了一杯。

　　　　也吃了很多好吃的東西。

　　　　心情很好。

📚 單字整理

□ 昨日（きのう）昨天

□ 映画（えいが）電影

□ 残業（ざんぎょう）加班

□ 残念だ（ざんねん）遺憾，可惜

□ 後（あと）後面，之後

□ 一杯（いっぱい）一杯

□ 飲む（の）喝

□ おいしい 好吃

□ もの 東西

□ たくさん 很多

□ 気持ち（きも）心情

□ よかったです 好（過去）

昨日、映画を　見ましたか。

いいえ、
見ませんでした。

1 請參考範例回答下列問題。

> 範例 学校へ 行く → 昨日、学校へ 行きましたか。
> → はい、行きました。
> → いいえ、行きませんでした。

1 コーヒーを 飲む → ＿＿＿＿＿＿＿＿＿＿＿＿＿＿＿＿＿＿＿

　　→ はい、＿＿＿＿＿＿＿＿＿＿＿＿＿＿＿＿＿＿＿＿＿

2 映画を 見る → ＿＿＿＿＿＿＿＿＿＿＿＿＿＿＿＿＿＿＿＿＿

　　→ いいえ、＿＿＿＿＿＿＿＿＿＿＿＿＿＿＿＿＿＿＿＿

3 友だちに 会う → ＿＿＿＿＿＿＿＿＿＿＿＿＿＿＿＿＿＿＿

　　→ はい、＿＿＿＿＿＿＿＿＿＿＿＿＿＿＿＿＿＿＿＿＿

2 請參考範例將下列句子改為禮貌形的過去肯定句和否定句。

> 範例 朝ごはんを 食べる
> → 朝ごはんを 食べました。/ 朝ごはんを 食べませんでした。

1 うちへ 帰る

　　→ ＿＿＿＿＿＿＿＿＿＿＿＿＿＿＿＿＿＿＿＿＿＿＿＿＿

2 勉強を する

　　→ ＿＿＿＿＿＿＿＿＿＿＿＿＿＿＿＿＿＿＿＿＿＿＿＿＿

3 本が ある

　　→ ＿＿＿＿＿＿＿＿＿＿＿＿＿＿＿＿＿＿＿＿＿＿＿＿＿

有趣的日本故事

電話禮儀

日本人在電車內或是人多的地方，會盡量不打電話，就算電話來了也會之後再回撥。這稱之為「折_おり返_{かえ}し電話_{でんわ}」。

在台灣講完電話時，最後會説「再見、掰掰」之後，再掛電話。在日本則會用「失礼_{しつれい}します」作為問候來結束通話。「失礼_{しつれい}します」是「失禮」的意思。

日文動詞的分類

第一類動詞	第二類動詞和第三類動詞除外的所有動詞 例 行_いく 去　かかる 需要、花費（時間、金錢等）　飲_のむ 喝 ＊帰_{かえ}る 回去＜例外的第一類動詞＞
第二類動詞	語尾為る，語幹最後一個字是い段、え段的動詞 例 起_おきる 起床　見_みる 看 　　食_たべる 吃　出_でる 出去、出來
第三類動詞	する、来_くる 兩個 例 する 做　来_くる 來

變成～ます

第一類動詞	語尾的う段變成い段，加上ます 例 行_いく → 行_いきます 去 　　かかる → かかります 需要、花費（時間、金錢等） 　　飲_のむ → 飲_のみます 喝 ＊帰_{かえ}る → 帰_{かえ}ります 回去
第二類動詞	去掉語尾る，加上ます 例 起_おきる → 起_おきます 起床 　　見_みる → 見_みます 看 　　食_たべる → 食_たべます 看 　　出_でる → 出_でます 出去，出來
第三類動詞	不規則 例 する → します 做 　　来_くる → 来_きます 做

＊ 除了～ます以外，也能加～ますか、～ません、～ました、～ませんでした。

1 請將下列動詞改為〜ます。

1 食^たべる → ＿＿＿＿＿＿＿＿＿ 　2 飲^のむ → ＿＿＿＿＿＿＿＿＿＿＿

3 行^いく → ＿＿＿＿＿＿＿＿＿ 　4 帰^{かえ}る → ＿＿＿＿＿＿＿＿＿＿＿

5 会^あう → ＿＿＿＿＿＿＿＿＿ 　6 する → ＿＿＿＿＿＿＿＿＿＿＿

7 来^くる → ＿＿＿＿＿＿＿＿＿ 　8 見^みる → ＿＿＿＿＿＿＿＿＿＿＿

9 ある → ＿＿＿＿＿＿＿＿＿ 　10 いる → ＿＿＿＿＿＿＿＿＿＿＿

2 請回答下列問題。

1 コーヒーを 飲^のみましたか。

→ はい、＿＿＿＿＿＿＿＿＿＿＿＿＿＿＿＿＿＿＿＿

2 テレビを 見^みましたか。

→ いいえ、＿＿＿＿＿＿＿＿＿＿＿＿＿＿＿＿＿＿＿

3 学校^{がっこう}へ 行^いきましたか。

→ はい、＿＿＿＿＿＿＿＿＿＿＿＿＿＿＿＿＿＿＿＿

4 友^{とも}だちに 会^あいましたか。

→ いいえ、＿＿＿＿＿＿＿＿＿＿＿＿＿＿＿＿＿＿＿

5 日本語^{にほんご}の 勉強^{べんきょう}を しましたか。

→ はい、＿＿＿＿＿＿＿＿＿＿＿＿＿＿＿＿＿＿＿＿

3 請將下列的句子配對。

1 昨日、映画を   ・ ・   いませんでした。

2 昨日、学校へ
行きました。うちには   ・ ・   食べました。

3 おいしい ものを
たくさん   ・ ・   会います。

4 今日、友だちに   ・ ・   見ました。

5 コーヒーが 好きで   ・ ・   飲みました。

4 閱讀下列的句子，正確的劃○，錯誤的劃×，並找出錯誤的部分改成正確的。

1 昨日、田中さんは 会社に います。(   )

2 友だちを 会いました。(   )

3 コーヒーを 食べました。(   )

4 おいしい ものを たくさん 食べました。(   )

5 一杯 飲みました。(　　　)

6 昨日、映画を 見ました。(　　　)

5 請將下列句子翻譯為日文。

1 因為加班，待在公司。

　→ _____

2 看了電影。

　→ _____

3 學習了日文。

　→ _____

4 沒有去學校。

　→ _____

5 喝了很多咖啡。

　→ _____

6 昨天我在學校。

　→ _____

7 書包裡面有書。

　→ _____

ゆっくり 休_{やす}んで ください。

請好好休息。

📖 學習目標

- 動詞的て形（和，因此）
- 動詞的て形 ください（請～）
- い形容詞的語幹 く（～的）
- な形容詞的語幹 に（～的）

✓ 複習 閱讀下列的句子並解析。　　正確答案 p. 270

□ 昨日_{きのう}、映画_{えいが}を 見_みましたか。

□ いいえ、見_みませんでした。

□ 残業_{ざんぎょう}で 会社_{かいしゃ}に いました。

□ 残業_{ざんぎょう}の 後_{あと}、一杯_{いっぱい} 飲_のみました。

□ おいしい ものを たくさん 食_たべました。

01

遅く 起きて、コーヒー を 飲みました。
很晚 　　起床　　　　 咖啡　　受格助詞　　　 喝了

遅く 很晚

「遅い」是表示「晚」的涵義的い形容詞。い形容詞的語尾「い」改成「く」，就成為表示「～地」的副詞。

例 遅い 晚 → 遅く 晚地

起きて 起床

「起きる」是表示「起床」的涵義的第二類動詞。去掉第二類動詞的語尾「る」，加上「て」，就成了「且～，因此」的用法。動詞加上「て」稱之為「て形」。因此「起きる」的て形是「起きて」，「起きて」成為て形。

例 起きる 起床 → 起きて 起床，起床後

🖐 第二類動詞的て形

　　去掉語尾る＋て ✄

例 起きる 起床 → 起きて 起床，起床後

　　食べる 吃 → 食べて 吃，因為吃

コーヒーを 飲みました 喝了咖啡

「コーヒー」是「咖啡」。咖啡是外來語，所以寫成片假名。和英文的「coffee」發音很不一樣，要多留意。「飲む」是第一類動詞，因此變化成「飲みました」（喝了）。

02

静かに 本 を 読んで、映画 を 見ました。

しず　ほん　よ　　えい が　み

安靜地　　書　受格助詞　讀，且　　　電影　受格助詞　　看了

🎧 MP3_01-13-02

しず
静かに 安靜的

「静かだ」是代表「安靜」涵義的な形容詞。將な形容詞的語尾「だ」換成「に」，變成表示「〜地」的副詞。

例 静かだ 安靜 → 静かに 安靜地

よ
読んで 閱讀，因為閱讀

「読んで」是第一類動詞，「読む」（讀）的て形。雖然是て形，但不是「て」，而是加「で」，這麼做是為了方便發音。第一類動詞為了方便發音，會加上「て」或「で」。

🖊 **第一類動詞的て形**　🔍 **根據語尾的種類改變**

語尾 く	去掉く 加上 いて	書く 寫 → 書いて 寫又，因為寫 ＊例外：行く 去 → 行って 去又，因為去
語尾為 ぐ	去掉ぐ 加上 いで	泳ぐ 游泳 → 泳いで 游泳又，因為游泳
語尾為 う、つ、る	去掉う、つ、る 加上 って	買う 買 → 買って 買又，因為買 待つ 等待 → 待って 等待又，因為等待 かかる 需要 → かかって 需要又，因為需要
語尾為 ぬ、ぶ、む	去掉ぬ、ぶ、む 加上 んで	死ぬ 死 → 死んで 死亡又，因為死亡 遊ぶ 遊戲 → 遊んで 遊戲又，因為遊戲 飲む 喝 → 飲んで 喝又，因為喝
語尾為 す	去掉す 加上して	話す 說話 → 話して 說話又，因為說話

🌸 第三類動詞活用是不規則的，因此一定要背起來，且要注意發音變化。
範例：
する 做
→して 且，因此
来（く）る 來
→来（き）て 來又

・助詞て的主要意義
①表並列或對比
②表原因、理由
③表動作進行的先後順序
④表動作進行的方式或狀態

03

午後 は 買い物 に 行きました。
下午　　在　　購物　　助詞　　　去了

🎧 MP3_01-13-03

買い物 購物

「買い物」是代表「購物」涵義的名詞。「買い物」是動詞性名詞。動詞性名詞是指加上「する（做）」就能變成動詞的名詞。代表「讀書」涵義的「勉強」和代表「工作、業務」涵義的「仕事」是代表性的動詞性名詞。

例 買い物 購物 ＋ する 做 → 買い物する 購物

勉強 讀書 ＋ する 做 → 勉強する 讀書

仕事 工作 ＋ する 做 → 仕事する 工作

～に 行きました 去了

「買い物」這類動詞性名詞後有「～に 行く」時，就是「去做～」的涵義。是常用的用法，請務必記住。

例 買い物に 行く 去購物

勉強に 行く 去讀書

仕事に 行く 去工作

單字整理

午後(ごご) 下午

それじゃ ゆっくり 休^{やす}んで ください。

那麼　　　　好好地　　　休息　　　請

それじゃ 那麼，那樣的話

聽完對方的話時會說的句子，就算沒有結論，依然能表示自己意見的涵義。也可以說「それでは」。

ゆっくり 好好地，慢慢地

「ゆっくり」有「好好地」的涵義，經常和「休^{やす}む」（休息）一起使用。另一個「慢慢地」的涵義則和「歩^{ある}く」（走路）、「話^{はな}す」（說話）等一起使用。

例　ゆっくり 休^{やす}む　好好地休息

　　ゆっくり 歩^{ある}く　慢慢地走

　　ゆっくり 話^{はな}す　慢慢地說話

休^{やす}んで ください 請休息

「休^{やす}む」（休息）是第一類動詞。語尾是「む」，去掉「む」加上「んで」就成了て形。

例　休^{やす}む 休息 → 休^{やす}んで 休息

て形後面接「ください」，為「請〜」的意思。想請別人幫忙時也可以使用這個句型。「休^{やす}んで」後面加上「ください」即為「請休息」的意思。

01 🎧 MP3_01-13-05

因為很晚起床，喝了咖啡。

おそ お の
遅く 起きて、コーヒーを 飲みました。

① はや早い　　① た食べる

② おそ遅い　　② かえ帰る

③ おもしろい　③ あそ遊ぶ

④ やす安い　　④ か買う

📖單字整理

□ あそ遊ぶ 玩

□ か買う 買

□ かえ帰る 回去（例外，屬於
第一類動詞）

02 🎧 MP3_01-13-06

安靜地看書又看了電影。

しず ほん よ えいが み
静かに 本を 読んで、映画を 見ました。

① まじめだ　　① べんきょう勉強する

② ねっしん熱心だ　　② うんどう運動する

③ しんせつ親切だ　　③ おし教える

④ しず静かだ　　④ すわ座る

📖單字整理

□ まじめだ 誠實、確實

□ ねっしん熱心だ 認真

□ うんどう運動する 運動

□ しんせつ親切だ 親切

□ おし教える 教導

□ すわ座る 坐

03

🎧 MP3_01-13-07

下午去逛了街。

午後は 買い物に 行きました。

① 仕事
② ショッピング
③ 散歩
④ 山登り

單字整理
□ ショッピング 購物
□ 散歩 散歩

04

🎧 MP3_01-13-08

那麼請好好地休息。

それじゃ ゆっくり 休んで ください。

① 食べる
② 飲む
③ 寝る
④ する

➡ 時宇和由利江在對話。

シウ　今日、何を しましたか。

請翻譯 🖊

ゆりえ　遅く 起きて、コーヒーを 飲みました。

それから 静かに 本を 読んで、テレビで

映画を 見ました。

午後は 買い物に 行きました。

シウ　そうですか。明日の ため 早く 寝て ください。

ゆりえ　はい、早く 寝ます。

シウ　それじゃ ゆっくり 休んで ください。

おまけ！再加一個

〜の ため　為了〜

接在名詞後面是代表「為了〜」的涵義。

早く 寝ます　早點睡

動詞加上「〜ます」，除了「做〜」的涵義之外，也能用來表示在很近的時間點「要做〜」。

時宇　今天做了什麼？

由利江　因為很晚起床，喝了咖啡。

之後安靜地看書，

又在電視上看了電影。

下午去逛了街。

時宇　原來如此。為了明天，請早點睡。

由利江　好，我會早點睡。

時宇　那麼請好好地休息。

📖 單字整理
□ 遅く 很晚
□ コーヒー 咖啡
□ 静かに 安靜地
□ 読む 讀
□ ～で 用（手段、工具）
□ 午後 下午
□ 買い物 購物
□ ～に 行く 去做～
□ 明日 明天
□ ～のため 為了～
□ 早く 快
□ 寝る 睡覺
□ ～て ください 請～
□ それじゃ 那麼
□ ゆっくり 好好地，慢慢地
□ 休む 休息

今日、何を しましたか。

買い物に 行きました。

1 請參考範例回答下列問題。

> 範例 遅い / 寝る → 遅く 寝ましたか。
> → はい、遅く 寝ました。
> → いいえ、遅く 寝ませんでした。

1 おいしい / 食べる →

　　→ はい、_____

2 まじめだ / 勉強する →

　　→ はい、_____

3 静かだ / いる →

　　→ いいえ、_____

2 請參考範例改寫下列句子。

> 範例 ごはんを 食べる / テレビを 見る
> → ごはんを 食べて テレビを 見ました。

1 昨日、友だちに 会う / コーヒーを 飲む

　　→ _____

2 昨日、うちへ 帰る / 勉強を する

　　→ _____

3 昨日、本を 読む / 遅く 寝る

　　→ _____

有趣的日本故事

車站的印章

日本的火車站或地鐵站等，有很多地方有紀念章。尤其是觀光客常去地區的火車站大部分都有紀念章。有一些地方是放置在醒目處，也有一些要請站務人員幫忙蓋。倘若沒看到印章，或是不知道有沒有印章時，可以向站務員詢問「駅のスタンプ、ありますか。」去日本旅行時，一定要蓋印章，日後會成為愉快的回憶。

何を して います か。

現在在做什麼？

📖 **學習目標**

- **動詞的て形** います（做～）
- **動詞的ます形** ませんか（不做～）
- **動詞的ます形** ましょう（做～吧）

☑ **複習** 閱讀下列句子並解析。　　正確答案 p. 270

- □ 遅く 起きて、コーヒーを 飲みました。
- □ 静かに 本を 読んで、映画を 見ました。
- □ 午後は 買い物に 行きました。
- □ それじゃ ゆっくり 休んで ください。

01

音楽 を 聞いて います。

音樂　受格助詞　　聽　　　正在

MP3_01-14-01

聞いて います 正在聽

「聞く」語尾是「く」，是第一類動詞。意思有兩種，有「聽（話或聲音）」的涵義，也有「詢問、問」的涵義。這裡是用來當作「聽」的涵義。

例 話を 聞く 聽話

　　道を 聞く 問路

「聞く」語尾是「く」的第一類動詞，變成て形時，去掉語尾「く」，加上「いて」即可。因此動詞「聞く」的て形變成「聞いて」。意思是「聽且，因為聽」。和上述句子一樣，動詞的て形加上「いる」變成「〜て いる」的型態時，就會變成表現「正在做〜」的進行式動作。「います」是在「いる」加上「ます」的用法，也請熟記。

例 聞く 聽 → 聞いて 聽且 → 聞いて いる 正在聽

　　→ 聞いて います 正在聽

單字整理

音楽(おんがく)
音樂

話(はなし) 話

道(みち) 路

02

公園　へ　行きませんか。
<ruby>公園<rt>こうえん</rt></ruby>　　　　　<ruby>行<rt>い</rt></ruby>

公園　　方向助詞　　　　不去嗎？

MP3_ 01-14-02

○ **<ruby>行<rt>い</rt></ruby>きませんか** 不去嗎？

「<ruby>行<rt>い</rt></ruby>きませんか」是「<ruby>行<rt>い</rt></ruby>き＋ませんか」的型態，「<ruby>行<rt>い</rt></ruby>き」是動詞「<ruby>行<rt>い</rt></ruby>く」的ます形，「～ませんか」是「不做～嗎？」的意思。像這樣動詞的ます形加上「～ませんか」的話，就會變成否定疑問句，否定疑問句可以理解為用來詢問對方的意見或提議的用法。

例　<ruby>行<rt>い</rt></ruby>く 去 → <ruby>行<rt>い</rt></ruby>きます 去 → <ruby>行<rt>い</rt></ruby>きませんか 不去嗎？

行きませんか的回答和中文的方式類似。

例　A　<ruby>公園<rt>こうえん</rt></ruby>へ　<ruby>行<rt>い</rt></ruby>きませんか。不去公園嗎？

　　B1　はい、<ruby>行<rt>い</rt></ruby>きません。對，不去。

　　B2　いいえ、<ruby>行<rt>い</rt></ruby>きます。不，要去。

📖 **單字整理**
公園(こうえん)
公園

03

今、公園で 歌 を 歌って います。
現在　　公園　在　歌　受格助詞　　唱　　　正在

MP3_ 01-14-03

今 現在

「今」是「現在」的涵義，和「～て いる」（正在做～）經常一起使用。

公園で 在公園

「～で」（在）是代表地點。整理「～で」的各種涵義，如下所述。

 助詞 ～で

1. 因為～（原因、理由）　セールで 休みです。因為有特賣，所以休息。

2. 因此～（數量、範圍）　三つで 千円です。三個 1,000日圓。

3. 用～（手段、工具）　テレビで 映画を 見ます。用電視看電影.．

4. 在～（地點）　会社で 仕事を します。在公司工作。

歌を 歌って います 正在唱歌。

「歌を 歌う」是「唱歌」的意思。是常用用法，需記下來。代表「唱歌」涵義的
第一類動詞「歌う」，若想用「～て います」表達，首先要將「歌う」改成て
形，加上「います」就變成「歌って います」。

例 歌う 唱歌 → 歌って 唱歌且 → 歌って います 正在唱歌

大丈夫ですよ。行きましょう。

だいじょう ぶ　　　　　　　　　　　　　い

沒關係唷　　　　　　　　　走吧

MP3_01-14-04

大丈夫ですよ 沒關係唷
だいじょう ぶ

「大丈夫だ」是代表「沒關係」涵義的な形容詞。因此禮貌形的用法變成「大丈
だいじょう ぶ　　　だいじょう
夫です」。
ぶ

行きましょう 走吧
い

「行く」的ます形加上「ましょう」的話，就變成「走吧」的意思。
い

「～ましょう」是「～吧」的意思，接在動詞的ます形後，用於建議或提議時。

例 行く 走 → 行きましょう 走吧
　　い　　　　　　　　　　い

 ～ましょう和～ませんか

「～ませんか」是「不～嗎？」涵義的否定疑問句，表示提議或勸誘。

「～ましょう」是「去～吧」的涵義，也是代表提議或勸誘。

「～ませんか」比「～ましょう」更重視對方的意願。「～ましょう」

含說話者的主張，建議對方的意思更強烈。

01 🎧 MP3_ 01-14-05

正在聽音樂。

おんがく き
音楽を 聞いて います。

① 歌を 歌う
② 道が 混む
③ テレビを 見る
④ 勉強を する

> 📖 **單字整理**
> □ 混む 擁擠

02 🎧 MP3_ 01-14-06

不去公園嗎？

こうえん い
公園へ 行きませんか。

① 音楽を 聞く
② 歌を 歌う
③ テレビを 見る
④ 勉強を する

正確答案 p. 262

03

🎧 MP3_ 01-14-07

現在在公園唱歌。

今、**公園**で **歌を 歌って** います。

① 部屋
② コーヒーショップ
③ 映画館
④ 学校

① 音楽を 聞く
② コーヒーを 飲む
③ 映画を 見る
④ 友だちに 会う

📚 單字整理

☐ コーヒーショップ
　咖啡館
☐ 映画館
　電影院

04

🎧 MP3_ 01-14-08

沒關係唷。走吧！

大丈夫ですよ。**行き**ましょう。

① 飲む
② する
③ 食べる
④ 帰る

🎧慢 MP3_01-14-09　　🎧正常 MP3_01-14-10

➡ 時宇和由利江在對話。

シウ　ゆりえ さん、今 何を して いますか。

請翻譯

ゆりえ　音楽を 聞いて います。

シウ　そうですか。公園へ 行きませんか。

　　　今、公園で 有名な 歌手が 歌を 歌って います。

ゆりえ　今、道が 混んで いませんか。

シウ　大丈夫ですよ。行きましょう。

時宇	由利江，現在在做什麼？
由利江	正在聽音樂。
時宇	這樣呀。要不要去公園？
	現在公園有個有名的歌手在唱歌。
由利江	現在路上不會塞車嗎？
時宇	沒關係，走吧！

📚 單字整理

- 今 現在（いま）
- 音楽 音樂（おんがく）
- 聞く 聽（き）
- 公園 公園（こうえん）
- 〜ませんか 不做〜嗎？
- 有名だ 有名（ゆうめい）
- 歌手 歌手（かしゅ）
- 歌 歌（うた）
- 歌う 唱（歌）（うた）
- 道が 混む 塞車，路上擁擠（みち／こ）
- 大丈夫だ 沒關係（だいじょうぶ）
- 〜ましょう 去做〜吧

何を して いますか。

音楽を 聞いて います。

1 請參考範例回答下列問題。

> 範例 今日は 会社へ 行きませんか。
> → はい、行きません。/ いいえ、行きます。

1 コーヒーは 飲みませんか。

→ いいえ、_____

2 今日は 友だちに 会いませんか。

→ いいえ、_____

3 映画は 見ませんか。

→ はい、_____

2 請參考範例改寫句子。

> 範例 日本語の 勉強を する
> → 日本語の 勉強を して います。

1 本を 読む

→ _____

2 朝ごはんを 食べる

→ _____

3 歌を 歌う

→ _____

有趣的日本故事

日本的溫泉

說到日本的特色，最具代表性之一的就是「溫泉」。下列是日本有名的溫泉勝地。要不要去一趟溫泉旅行呢？

はな
話しても
いいです。

可以說話。

📖 **學習目標**

■ 動詞的て形 も いいです（可以做～）

■ 動詞的て形 は いけません（不能做～）

☑ 複習 閱讀下列句子並解析。正確答案 p. 270

☐ 音楽を 聞いて います。
　おんがく　　き

☐ 公園へ 行きませんか。
　こうえん　い

☐ 今、公園で 歌を 歌って います。
　いま　こうえん　　うた　　うた

☐ 大丈夫ですよ。行きましょう。
　だいじょうぶ　　　　い

學習

在博物館要遵守下列事項。

可以小聲說話，也可以拍照。

這樣啊。也能拍照嗎？

對，沒錯。

那麼也可以摸畫嗎？

不，不能摸畫。還有不能奔跑。

果然是博物館。有很多事不能做。

知道了。應該也不能吃東西吧？

對，沒錯。那麼請進去吧。

01

小さい 声では 話しても いいです。

小的　　聲音 用 助詞　　說話也　　　可以

MP3_01-15-01

小さい 声では 用小聲

「小さい」（小）是い形容詞。修飾後面接的名詞時，直接使用基本形「小さい」。

「声」是人的聲音。事物發出的聲音稱之為「音」。「～では」是「用～」的涵義，代表手段、工具的「で」加上助詞「は」的型態。

例 小さい 小 → 小さい 声 小聲

話しても いいです 可以說話

「話す」（說話）是第一類動詞。將語尾「す」改為「して」變成て形。後面加上「～も いいです」，變成「～ても いいです」的型態，為「做～也可以」的涵義，表示「許可、允許」。

例 話す 說話 → 話して 說話且 → 話しても いいです 說話也可以

写真を 撮る 拍照 → 写真を 撮って 拍照又

→ 写真を 撮っても いいです 拍照也可以

單字整理

写真(しゃしん)
照片

撮(と)る 拍照

02

絵に 触っても いいですか。
畫　助詞　　　摸也　　　　　　　可以嗎？

MP3_ 01-15-02

触っても いいですか　也可以摸嗎？

「触って」的基本形是「触る」。「触る」的語尾是「る」，語幹最後的字是「わ」，也就是「あ段」，因此是第一類動詞。第一類動詞的て形根據語尾改變，「触る」的語尾是「る」，所以會變成「触って」。因此「也可以摸嗎？」寫作「触ってもいいですか」。

〜に 触る　觸摸〜

「〜に 触る」有「觸摸〜」以及「觸碰〜」的涵義。解釋為「觸摸〜」，並不會說「〜を 触る」。

📖 **單字整理**

絵(え) 圖畫

03

そして 走っては いけません。

還有　　　　　奔跑　　　　　不行

そして 還有

表示添加、附加的連接詞。

走っては いけません 不能奔跑

「走」是代表「奔跑、跑」涵義的第一類動詞。「走る」雖然和第二類動詞為相同的型態，然而其為例外，其實是第一類動詞。因此て形不是「はして」，而是「はしって」。「～てはいけません」是「不能做～」，表示「禁止」。

例　走る 奔跑 → 走って 奔跑且 → 走っては いけません 不能奔跑

「～てはいけません」也可以說「～てはだめです」。「だめです」是表示「不行」的涵義，是な形容詞「だめだ」的禮貌形用法。
走ってはいけません＝走ってはだめです

請求許可的疑問句用法

A　　～ても いいですか。做～也可以嗎？

B1　　はい、～ても いいです。是，做～也可以。

B2　　いいえ、～ては いけません。不，不能做～。

例　A　肉を 食べても いいですか。肉也可以吃嗎。

B1　はい、肉を 食べても いいです。對，肉也可以吃。

B2　いいえ、肉を 食べては いけません。不，不能吃肉。

04 食べ物 を 食べては いけません。

食物 受格助詞 吃 不行

MP3_ 01-15-04

食べ物 食物

「食べる」（吃）的動詞和「物」（東西）的名詞結合的合成語。「飲み物」則是「飲料」的意思。

食べては いけません 不能吃

也能用「食べてはだめです」。

「食べる」是第二類動詞，因此て形變化成「食べて」，後面加上「禁止」，就變成「食べてはいけません」。

例 食べる 吃 → 食べて 吃且，因為吃

→ 食べては いけません 不能吃

01 🎧 MP3_ 01-15-05

可以小聲說話。

小_{ちい}さい 声_{こえ}では 話_{はな}しても いいです。

① 読_よむ
② 歌_{うた}う
③ 話_{はな}し合_あう
④ 遊_{あそ}ぶ

> 📖 **單字整理**
> □ 話_{はな}し合_あう 討論

02 🎧 MP3_ 01-15-06

也可以摸圖畫嗎？

絵_えに 触_{さわ}っても いいですか。

① 本_{ほん}を 読_よむ
② 歌_{うた}を 歌_{うた}う
③ うちへ 帰_{かえ}る
④ 早_{はや}く 寝_ねる

03
🎧 MP3_01-15-07

還有不能奔跑。

そして <ruby>走<rt>はし</rt></ruby>っては いけません。

① <ruby>帰<rt>かえ</rt></ruby>る
② <ruby>歌<rt>うた</rt></ruby>う
③ <ruby>読<rt>よ</rt></ruby>む
④ <ruby>話<rt>はな</rt></ruby>す

04
🎧 MP3_01-15-08

不能吃食物。

<ruby>食<rt>た</rt></ruby>べ<ruby>物<rt>もの</rt></ruby>を <ruby>食<rt>た</rt></ruby>べては いけません。

① <ruby>映画<rt>えいが</rt></ruby>を <ruby>見<rt>み</rt></ruby>る
② <ruby>友<rt>とも</rt></ruby>だちに <ruby>会<rt>あ</rt></ruby>う
③ <ruby>買<rt>か</rt></ruby>い<ruby>物<rt>もの</rt></ruby>を する
④ コーヒーを <ruby>飲<rt>の</rt></ruby>む

➡ 時宇和由利江造訪博物館。

スタッフ この 博物館では 小さい 声では

請翻譯

話しても いいです。写真を 撮っても いいです。

シウ　そうですか。絵に 触っても いいですか。

スタッフ いいえ、絵に 触っては いけません。

そして 走っては いけません。

ゆりえ　わかりました。食べ物は 食べては いけませんね。

スタッフ はい、そうです。それじゃ 入って ください。

工作人員	這個博物館可以小聲說話，也能拍照。
時宇	這樣呀。也能摸畫嗎？
工作人員	不行，不能摸畫。還有不能奔跑。
由利江	知道了，應該不能吃東西吧。
工作人員	是的，沒錯。那麼請進去吧。

話しても いいですか。

はい、話しても いいです。

1 請根據下列範例改寫。

範例 写真を 撮る → 写真を 撮っても いいですか。
　　　→ はい、写真を 撮っても いいです。
　　　→ いいえ、写真を 撮っては いけません。

1 うちへ 帰る → _____

　　→ はい、_____

2 肉を 食べる → _____

　　→ いいえ、_____

3 本を 読む → _____

　　→ はい、_____

2 請將下列句子翻譯為日文。

1 也能拍照嗎？

　→ _____

2 不能吃東西。

　→ _____

3 可以說話。

　→ _____

有趣的日本故事

醫院

去日本醫院時，首先會聽到醫生説「どうしんたんですか」。只要理解為「哪裡不舒服？」即可。還有從醫院離開時也會聽見「お大事に」的話。這是祝早日康復的意思。在醫院接受診療後，可拿處方籤到藥局領藥。有「お薬手帳」，意思是「用藥手冊」，可記錄本人吃的藥、藥物服用履歷、罹患的疾病、過敏史等等，去醫療機構時可以使用。

形容詞的副詞用法

詞類	基本形	副詞用法
い 形容詞	遅い 晚	遅く 晚地
な 形容詞	静かだ 安靜	静かに 安靜地

動詞的て形

第一類動詞	語尾為 く	去掉 く 加上 いて	書く→書いて 寫又，因為寫 ＊例外：行く→行って 去又，因為去
	語尾為 ぐ	去掉 ぐ 加上 いで	泳ぐ→泳いで 游泳又，因為游泳
	語尾為 う, つ, る	去掉 う, つ, る 加上 って	買う→買って 買又，因為買 待つ→待って 等待又，因為等待 かかる→かかって 需要又，因為需要
	語尾為 ぬ, ぶ, む	去掉 ぬ, ぶ, む 加上 んで	死ぬ→死んで 死亡又，因為死亡 遊ぶ→遊んで 遊戲又，因為遊戲 飲む→飲んで 喝又，因為喝
	語尾為 す	去掉 す 加上 して	話す→話して 說話又，因為說話
第二類動詞	去掉語尾 る 加上 て		見る→見て 看又，因為看 食べる→食べて 吃又，因為吃
第三類動詞	不規則		する→して 做又，因為做 来る→来て 來又，因為來

＊ て形後可接下列用法。

～ください 請做～

～います 正在做～

～も いいです 做～也可以

～は いけません 不能做～

1 請將下列的動詞改寫為て形。

1 帰<ruby>る<rt>かえ</rt></ruby> → ＿＿＿＿＿＿＿＿＿＿　　2 見<ruby>る<rt>み</rt></ruby> → ＿＿＿＿＿＿＿＿＿＿

3 話<ruby>す<rt>はな</rt></ruby> → ＿＿＿＿＿＿＿＿＿＿　　4 会<ruby>う<rt>あ</rt></ruby> → ＿＿＿＿＿＿＿＿＿＿

5 行<ruby>く<rt>い</rt></ruby> → ＿＿＿＿＿＿＿＿＿＿　　6 聞<ruby>く<rt>き</rt></ruby> → ＿＿＿＿＿＿＿＿＿＿

7 待<ruby>つ<rt>ま</rt></ruby> → ＿＿＿＿＿＿＿＿＿＿　　8 する → ＿＿＿＿＿＿＿＿＿＿

9 来<ruby>る<rt>く</rt></ruby> → ＿＿＿＿＿＿＿＿＿＿　　10 飲<ruby>む<rt>の</rt></ruby> → ＿＿＿＿＿＿＿＿＿＿

2 請將下列句子改為「～て ください」。

1 早<ruby>く<rt>はや</rt></ruby> 起<ruby>きます<rt>お</rt></ruby>。 → ＿＿＿＿＿＿＿＿＿＿＿＿＿＿＿＿＿＿＿

2 静<ruby>かに<rt>しず</rt></ruby> 話<ruby>します<rt>はな</rt></ruby>。 → ＿＿＿＿＿＿＿＿＿＿＿＿＿＿＿＿＿＿＿

3 本<ruby>を<rt>ほん</rt></ruby> 読<ruby>みます<rt>よ</rt></ruby>。 → ＿＿＿＿＿＿＿＿＿＿＿＿＿＿＿＿＿＿＿

4 うちへ 帰<ruby>ります<rt>かえ</rt></ruby>。 → ＿＿＿＿＿＿＿＿＿＿＿＿＿＿＿＿＿＿＿

5 早<ruby>く<rt>はや</rt></ruby> 寝<ruby>ます<rt>ね</rt></ruby>。 → ＿＿＿＿＿＿＿＿＿＿＿＿＿＿＿＿＿＿＿

3 請回答下列問題。

1 今<ruby><rt>いま</rt></ruby>、帰<ruby>っても<rt>かえ</rt></ruby> いいですか。

→ はい、＿＿＿＿＿＿＿＿＿＿＿＿＿＿＿＿＿＿＿＿＿＿＿＿＿

2 歌を 歌っても いいですか。

　　→ いいえ、＿＿＿＿＿＿＿＿＿＿＿＿＿＿＿＿＿＿＿＿

3 映画を 見ても いいですか。

　　→ いいえ、＿＿＿＿＿＿＿＿＿＿＿＿＿＿＿＿＿＿＿＿

4 友だちと 話しても いいですか。

　　→ はい、＿＿＿＿＿＿＿＿＿＿＿＿＿＿＿＿＿＿＿＿＿

5 音楽を 聞いても いいですか。

　　→ はい、＿＿＿＿＿＿＿＿＿＿＿＿＿＿＿＿＿＿＿＿＿

4 請將下列句子改為「～て います」。

1 コーヒーを 飲む　　　　　→ ＿＿＿＿＿＿＿＿＿＿＿＿＿＿

2 友だちを 待つ　　　　　　→ ＿＿＿＿＿＿＿＿＿＿＿＿＿＿

3 日本語の 勉強を する　　　→ ＿＿＿＿＿＿＿＿＿＿＿＿＿＿

4 ごはんを 食べる　　　　　→ ＿＿＿＿＿＿＿＿＿＿＿＿＿＿

5 写真を 撮る　　　　　　　→ ＿＿＿＿＿＿＿＿＿＿＿＿＿＿

5 請參考範例連結下列句子。

　　範例 友だちに 会います。/ 映画を 見ます。
　　　→ 友だちに 会って 映画を 見ます。

1 ごはんを 食べます。/ コーヒーを 飲みます。

→ _____

2 勉強を します。/ 音楽を 聞きます。

→ _____

3 本を 読みます。/ 友だちに 会います。

→ _____

6 請將下列句子翻譯為日文。

1 早上起床後吃飯。

→ _____

2 不能拍照。

→ _____

3 可以讀書。

→ _____

4 快點起床。

→ _____

5 去購物。

→ _____

附錄

◦ い形容詞的活用

基本形	～い 是 現在肯定	～く ない 不～ 現在否定	～かった （過去）是～ 過去肯定	～く なかった （過去）不～ 過去否定	～い ～的 修飾名詞	～くて 且，因為～ 連結用法	～く ～地 副詞
安い 便宜	安い	安くない	安かった	安く なかった	安い	安くて	安く
高い 貴，高	高い	高くない	高かった	高く なかった	高い	高くて	高く
多い 多	多い	多くない	多かった	多く なかった	多い	多くて	多く
少ない 少	少ない	少なく ない	少なかった	少なく なかった	少ない	少なくて	少なく
おいしい 好吃	おいしい	おいしく ない	おいしかった	おいしく なかった	おいしい	おいしくて	おいしく
*いい 好	いい	よく ない	よかった	よく なかった	いい	よくて	よく

◦ い形容詞禮貌形用法

基本形	～いです 是 現在肯定	～く ありません 不～ 現在否定	～かったです （過去）是～ 過去肯定	～く ありませんでした （過去）不～ 過去否定
安い 便宜	安いです	安く ありません	安かったです	安く ありませんでした
高い 貴，高	高いです	高く ありません	高かったです	高く ありませんでした
多い 多	多いです	多く ありません	多かったです	多く ありませんでした
少ない 少	少ないです	少なく ありません	少なかったです	少なく ありませんでした
おいしい 好吃	おいしいです	おいしく ありません	おいしかったです	おいしく ありませんでした
*いい 好	いいです	よく ありません	よかったです	よく ありませんでした

◎ な形容詞的活用

基本形	～だ 是 現在肯定	～じゃ ない 不～ 現在否定	～だった （過去）是～ 過去肯定	～じゃ なかった （過去）不～ 過去否定	～な ～的 修飾名詞	～で 且・因為～ 連結用法	～に ～地 副詞
きれいだ 漂亮	きれいだ	きれいじゃ ない	きれいだった	きれいじゃ なかった	きれいな	きれいで	きれいに
静かだ 安靜	静かだ	静かじゃ ない	静かだった	静かじゃ なかった	静かな	静かで	静かに
新鮮だ 新鮮	新鮮だ	新鮮じゃ ない	新鮮だった	新鮮じゃ なかった	新鮮な	新鮮で	新鮮に
好きだ 喜歡	好きだ	好きじゃ ない	好きだった	好きじゃ なかった	好きな	好きで	好きに
上手だ 熟練	上手だ	上手じゃ ない	上手だった	上手じゃ なかった	上手な	上手で	上手に
下手だ 生疏	下手だ	下手じゃ ない	下手だった	下手じゃ なかった	下手な	下手で	下手に

◎ な形容詞的禮貌形用法

基本形	～です 是 現在肯定	～じゃ ありません 不～ 現在否定	～でした （過去）是～ 過去肯定	～じゃ ありませんでした （過去）不～ 過去否定
きれいだ 漂亮	きれいです	きれいじゃ ありません	きれいでした	きれいじゃ ありませんでした
静かだ 安靜	静かです	静かじゃ ありません	静かでした	静かじゃ ありませんでした
新鮮だ 新鮮	新鮮です	新鮮じゃ ありません	新鮮でした	新鮮じゃ ありませんでした
好きだ 喜歡	好きです	好きじゃ ありません	好きでした	好きじゃ ありませんでした
上手だ 熟練	上手です	上手じゃ ありません	上手でした	上手じゃ ありませんでした
下手だ 生疏	下手です	下手じゃ ありません	下手でした	下手じゃ ありませんでした

動詞禮貌形用法

基本形	〜ます 做〜	〜ません 不做〜	〜ました （過去）做了〜	〜ませんでした （過去）沒做〜	〜ましょう 做〜吧
買う 買	買います	買いません	買いました	買いませんでした	買いましょう
待つ 等待	待ちます	待ちません	待ちました	待ちませんでした	待ちましょう
触る 觸摸	触ります	触りません	触りました	触りませんでした	触りましょう
死ぬ 死	死にます	死にません	死にました	死にませんでした	死にましょう
遊ぶ 玩	遊びます	遊びません	遊びました	遊びませんでした	遊びましょう
飲む 喝	飲みます	飲みません	飲みました	飲みませんでした	飲みましょう
書く 寫	書きます	書きません	書きました	書きませんでした	書きましょう
泳ぐ 游泳	泳ぎます	泳ぎません	泳ぎました	泳ぎませんでした	泳ぎましょう
話す 説話	話します	話しません	話しました	話しませんでした	話しましょう
*帰る 回去	帰ります	帰りません	帰りました	帰りませんでした	帰りましょう
起きる 起床	起きます	起きません	起きました	起きませんでした	起きましょう
食べる 吃	食べます	食べません	食べました	食べませんでした	食べましょう
する 做	します	しません	しました	しませんでした	しましょう
来る 來	来ます	来ません	来ました	来ませんでした	来ましょう

第一類動詞（買う〜帰る）　第二類動詞（起きる・食べる）　第三類動詞（する・来る）

❍ 動詞て形和て形連接用法

基本形	て形	～て ください 請做～	～て います 正在做～	～ても いいです 做～也可以	～っては いけません 不能做～
買う か 買	買って	買って ください	買って います	買っても いいです	買っては いけません
待つ ま 等待	待って	待って ください	待って います	待っても いいです	待っては いけません
触る さわ 觸摸	触って	触って ください	触って います	触っても いいです	触っては いけません
死ぬ し 死	死んで	死んで ください	死んで います	死んでも いいです	死んでは いけません
遊ぶ あそ 玩	遊んで	遊んで ください	遊んで います	遊んでも いいです	遊んでは いけません
飲む の 喝	飲んで	飲んで ください	飲んで います	飲んでも いいです	飲んでは いけません
書く か 寫	書いて	書いて ください	書いて います	書いても いいです	書いては いけません
泳ぐ およ 游泳	泳いで	泳いで ください	泳いで います	泳いでも いいです	泳いでは いけません
話す はな 説話	話して	話して ください	話して います	話しても いいです	話しては いけません
*帰る かえ 回去	帰って	帰って ください	帰って います	帰っても いいです	帰っては いけません
起きる お 起床	起きて	起きて ください	起きて います	起きても いいです	起きては いけません
食べる た 吃	食べて	食べて ください	食べて います	食べても いいです	食べては いけません
する 做	して	して ください	して います	しても いいです	しては いけません
来る く 來	来て き	来て き ください	来て き います	来ても き いいです	来ては き いけません

第一類動詞（買う～帰る）　第二類動詞（起きる・食べる）　第三類動詞（する・来る）

名詞

名詞	学生	學生
是〜	学生です	是學生
不是〜	学生じゃ ありません ＝学生では ありません ＝学生じゃ ないです ＝学生では ないです	不是學生
（過去）是〜	学生でした ＝学生だったです	曾經是學生
（過去）不是〜	学生じゃ ありませんでした ＝学生では ありませんでした ＝学生じゃ なかったです ＝学生では なかったです	不曾是學生

讀數字

0~11

0	1	2	3	4	5
ゼロ	いち	に	さん	し・よん	ご
6	**7**	**8**	**9**	**10**	**11**
ろく	しち・なな	はち	きゅう・く	じゅう	じゅういち

第一〜第十二

一	二	三	四	五	六
ひとつ	ふたつ	みっつ	よっつ	いつつ	むっつ
七	**八**	**九**	**十**	**十一**	**十二**
ななつ	やっつ	ここのつ	とお	じゅういち	じゅうに

◦ 十單位，百單位，千單位，萬單位

10	じゅう	100	ひゃく	1,000	せん	10,000	いちまん
20	にじゅう	200	にひゃく	2,000	にせん	20,000	にまん
30	さんじゅう	300	さんびゃく	3,000	さんぜん	30,000	さんまん
40	よんじゅう	400	よんひゃく	4,000	よんせん	40,000	よんまん
50	ごじゅう	500	ごひゃく	5,000	ごせん	50,000	ごまん
60	ろくじゅう	600	ろっぴゃく	6,000	ろくせん	60,000	ろくまん
70	ななじゅう	700	ななひゃく	7,000	ななせん	70,000	ななまん
80	はちじゅう	800	はっぴゃく	8,000	はっせん	80,000	はちまん
90	きゅうじゅう	900	きゅうひゃく	9,000	きゅうせん	90,000	きゅうまん

讀時間

◦ ～點

1點	2點	3點	4點	5點	6點
いちじ	にじ	さんじ	よじ	ごじ	ろくじ
7點	**8點**	**9點**	**10點**	**11點**	**12點**
しちじ	はちじ	くじ	じゅうじ	じゅういちじ	じゅうにじ

◦ ～分

1分	2分	3分	4分	5分	6分
いっぷん	にふん	さんぷん	よんぷん	ごふん	ろっぷん
7分	**8分**	**9分**	**10分**	**11分**	**12分**
ななふん	はっぷん	きゅうふん	じゅっぷん	じゅういっぷん	じゅうにふん

CHAPTER 1 課本 p.56

1 ① はじめまして。たなかです。
　　　どうぞ よろしく おねがいします。
　② はじめまして。すずきです。
　　　どうぞ よろしく おねがいします。
　③ はじめまして。なかむらです。
　　　どうぞ よろしく おねがいします。
　④ はじめまして。きむらです。
　　　どうぞ よろしく おねがいします。

02 ① わたしは たなかです。
　② あなたは かいしゃいんです。
　③ あなたは せんせいです。
　④ わたしは イです。

03 ① あなたは たなかさんですか。
　② あなたは かいしゃいんですか。
　③ あなたは せんせいですか。
　④ あなたは イさんですか。

04 ① いいえ、わたしは たなかじゃ ありません。
　② いいえ、わたしは かいしゃいんじゃ ありません。
　③ いいえ、わたしは せんせいじゃ ありません。
　④ いいえ、わたしは イじゃ ありません。

CHAPTER 2 課本 p.68

01 ① これは ほんですか。
　② これは ノートですか。
　③ これは かばんですか。
　④ これは えいごの ほんですか。

02 ① それは かんこくごの ほんです。
　② それは ノートです。
　③ それは かばんです。

④ それは えいごの ほんです。

03 ① あれも たなかさんの かばんですか。
　② あれも あなたの かばんですか。
　③ あれも あなたの ノートですか。
　④ あれも たなかさんの にほんごの
　　　ほんですか。

04 ① ともだちの すずきのです。
　② ともだちの やまだのです。
　③ ともだちの イのです。
　④ ともだちの キムのです。

CHAPTER 3 課本 p.80

01 ① ここは かいしゃです。
　② そこは ぎんこうです。
　③ あそこは がっこうです。
　④ ここは びょういんです。

02 ① ぎんこうの やすみは いつですか。
　　　まいしゅう きんようびです。
　② がっこうの やすみは いつですか。
　　　まいしゅう どようびです。
　③ びょういんの やすみは いつですか。
　　　まいしゅう もくようびです。
　④ デパートの やすみは いつですか。
　　　まいしゅう かようびです。

03 ① おとといは やすみでしたか。
　② あなたは がくせいでしたか。
　③ たなかさんは せんせいでしたか。
　④ これは たなかさんの かばんでしたか。

04 ① きのうは げつようびで、がっこうの
　　　やすみじゃ ありませんでした。
　② きのうは もくようびで、びょういんの
　　　やすみじゃ ありませんでした。
　③ きのうは すいようびで、ぎんこうの
　　　やすみじゃ ありませんでした。

④ きのうは とくべつセールで、デパート
の やすみじゃ ありませんでした。

CHAPTER 4 課本p.96

01　① スーパーは こぜん ごじから ごご し
　　　ちじまでです。
　　② スーパーは こぜん よじから ごご じゅ
　　　うじまでです。
　　③ スーパーは こぜん はちじから ごご
　　　じゅうにじまでです。
　　④ スーパーは こぜん さんじから ごご
　　　ろくじまでです。

02　① おいしくて やすいです。
　　② おおくて やすいです。
　　③ ひろくて やすいです。
　　④ せまくて たかいです。

03　① やさいと にくも おいしいです。
　　② やさいと にくも たかいです。
　　③ やさいと にくも おおいです。
　　④ やさいと にくも すくないです。

04　① さかなは おいしく ありません。
　　② さかなは たかく ありません。
　　③ さかなは おおく ありません。
　　④ さかなは すくなく ありません。

CHAPTER 5 課本p.108

01　① ひとつ さんびゃくえん、みっつで ろっ
　　　ぴゃくえんです。
　　② ひとつ ひゃくえん、みっつで にひゃ
　　　くえんです。
　　③ ひとつ よんひゃくえん、みっつで はっ
　　　ぴゃくえんです。
　　④ ひとつ ごひゃくえん、みっつで せん
　　　えんです。

02　① ここは しんせんで やすいです。

② ここは きれいで おいしいです。
③ へやは しずかで やすいです。
④ たなかさんは ハンサムで おもしろい
　　です。

03　① りんごは きらいじゃ ありません。
　　② えいごは じょうずじゃ ありません。
　　③ にほんごは へたじゃ ありません。
　　④ なしは しんせんじゃ ありません。

04　① なしだけが すきです。
　　② にほんごだけが すきです。
　　③ これだけが すきです。
　　④ あなただけが すきです。

CHAPTER 6 課本p.120

01　① じみな スカートですね。
　　② はでな スカートですね。
　　③ すてきな スカートですね。
　　④ ふべんな スカートですね。

02　① おいしいですが、たかいですよ。
　　② ほしいですが、はでですよ。
　　③ やすいですが、まずいですよ。
　　④ せまいですが、きれいですよ。

03　① おいしい りんごですが、たかいです。
　　② しんせんな なしですが、たかいです。
　　③ たかい スカートですが、ほしいです。
　　④ きれいな スカートですが、はでです。

04　① すこし はでな かばんが ほしいです。
　　② すこし しんせつな ともだちが ほしい
　　　です。
　　③ すこし べんりな くるまが ほしいです。
　　④ すこし きれいな へやが ほしいです。

CHAPTER 7 課本p.132

01　① しんせんじゃ ありませんでした。
　　② きれいじゃ ありませんでした。

③ はでじゃ ありませんでした。

④ すきじゃ ありませんでした。

02 ① とても やすかったです。

② とても たかかったです。

③ とても ひろかったです。

④ とても おおかったです。

03 ① しんせんでしたね。

② きれいでしたね。

③ はででしたね。

④ すきでしたね。

04 ① やすく ありませんでした。

② たかく ありませんでした。

③ ひろく ありませんでした。

④ おおく ありませんでした。

CHAPTER 8　課本p.148

01 ① 椅子の 上に 何が ありますか。

② 机の 下に 何が ありますか。

③ かばんの 中に 何が ありますか。

④ テーブルの 横に 何が ありますか。

02 ① 辞書や 本や ノート などが あります。

② 英語の 本や 日本語の 本や 雑誌 など

が あります。

③ 魚や 肉や 野菜 などが あります。

④ りんごや 梨や みかん などが あります。

03 ① 椅子は ありません。

② スカートは ありません。

③ 果物は ありません。

④ 日本語の 本は ありません。

04 ① 机の 下に 何か ありますか。

いいえ、何も ありません。

② 机の 上に 何か ありますか。

いいえ、何も ありません。

③ かばんの 中に 何か ありますか。

いいえ、何も ありません。

④ 椅子の 上に 何か ありますか。

いいえ、何も ありません。

CHAPTER 9　課本p.160

01 ① 居間に 誰が いますか。

② 台所に 誰が いますか。

③ 家の 中に 誰が いますか。

④ 学校に 誰が いますか。

02 ① 学生と 先生が います。

② 田中さんと 私が います。

③ 父と 母が います。

④ 妹と 弟が います。

03 ① 学生は いません。

② 田中さんは いません。

③ 父は いません。

④ 弟は いません。

04 ① 部屋の 中に 誰か いますか。

いいえ、誰も いません。

② 台所に 誰か いますか。

いいえ、誰も いません。

③ 銀行に 誰か いますか。

いいえ、誰も いません。

④ 会議室の 中に 誰か いますか。

いいえ、誰も いません。

CHAPTER 10　課本p.176

01 ① あなたは 何時に 寝ますか。

② あなたは 何時<ruby>なんじ<rt></rt></ruby>に 出<ruby>で<rt></rt></ruby>ますか。

③ あなたは 何時<ruby>なんじ<rt></rt></ruby>に 来<ruby>き<rt></rt></ruby>ますか。

④ あなたは 何時<ruby>なんじ<rt></rt></ruby>に 出<ruby>で<rt></rt></ruby>かけますか。

02 ① テレビを 見<ruby>み<rt></rt></ruby>ます。

② 早<ruby>はや<rt></rt></ruby>く 寝<ruby>ね<rt></rt></ruby>ます。

③ うちを 出<ruby>で<rt></rt></ruby>ます。

④ 勉強<ruby>べんきょう<rt></rt></ruby>を します。

03 ① 朝<ruby>あさ<rt></rt></ruby> 7時<ruby>しちじ<rt></rt></ruby>には 起<ruby>お<rt></rt></ruby>きません。

② 夜<ruby>よる<rt></rt></ruby> 10時<ruby>じゅうじ<rt></rt></ruby>には 寝<ruby>ね<rt></rt></ruby>ません。

③ 朝<ruby>あさ<rt></rt></ruby>ごはんは 食<ruby>た<rt></rt></ruby>べません。

④ 窓<ruby>まど<rt></rt></ruby>は 開<ruby>あ<rt></rt></ruby>けません。

04 ① 8時<ruby>はちじ<rt></rt></ruby>に ごはんを 食<ruby>た<rt></rt></ruby>べます。

② 8時<ruby>はちじ<rt></rt></ruby>に テレビを 見<ruby>み<rt></rt></ruby>ます。

③ 8時<ruby>はちじ<rt></rt></ruby>に 勉強<ruby>べんきょう<rt></rt></ruby>を します。

④ 8時<ruby>はちじ<rt></rt></ruby>に 電気<ruby>でんき<rt></rt></ruby>を つけます。

CHAPTER 11 課本p.188

01 ① 銀行<ruby>ぎんこう<rt></rt></ruby>は バスで 行<ruby>い<rt></rt></ruby>きます。

② 学校<ruby>がっこう<rt></rt></ruby>は 地下鉄<ruby>ちかてつ<rt></rt></ruby>で 行<ruby>い<rt></rt></ruby>きます。

③ 会社<ruby>かいしゃ<rt></rt></ruby>は 車<ruby>くるま<rt></rt></ruby>で 行<ruby>い<rt></rt></ruby>きます。

④ デパートは タクシーで 行<ruby>い<rt></rt></ruby>きます。

02 ① 7分<ruby>ななふん<rt></rt></ruby>ぐらい かかります。

② 10分<ruby>じゅっぷん<rt></rt></ruby>ぐらい かかります。

③ 20分<ruby>にじゅっぷん<rt></rt></ruby>ぐらい かかります。

④ 5分<ruby>ごふん<rt></rt></ruby>ぐらい かかります。

03 ① すぐ お風呂<ruby>ふろ<rt></rt></ruby>に 入<ruby>はい<rt></rt></ruby>りますか。

② すぐ 電車<ruby>でんしゃ<rt></rt></ruby>が 来<ruby>き<rt></rt></ruby>ますか。

③ すぐ 花<ruby>はな<rt></rt></ruby>が 散<ruby>ち<rt></rt></ruby>りますか。

④ すぐ 電車<ruby>でんしゃ<rt></rt></ruby>に 乗<ruby>の<rt></rt></ruby>りますか。

04 ① たまに デパートへ 行<ruby>い<rt></rt></ruby>きます。

② たまに タクシーに 乗<ruby>の<rt></rt></ruby>ります。

③ たまに 仕事<ruby>しごと<rt></rt></ruby>を します。

④ たまに うちへ 帰<ruby>かえ<rt></rt></ruby>ります。

CHAPTER 12 課本p.200

01 ① 夕<ruby>ゆう<rt></rt></ruby>べ、ごはんを 食<ruby>た<rt></rt></ruby>べましたか。

　　いいえ、食<ruby>た<rt></rt></ruby>べませんでした。

② 先週<ruby>せんしゅう<rt></rt></ruby>、仕事<ruby>しごと<rt></rt></ruby>を しましたか。

　　いいえ、しませんでした。

③ 今朝<ruby>けさ<rt></rt></ruby>、コーヒーを 飲<ruby>の<rt></rt></ruby>みましたか。

　　いいえ、飲<ruby>の<rt></rt></ruby>みませんでした。

④ おととい、会社<ruby>かいしゃ<rt></rt></ruby>へ 行<ruby>い<rt></rt></ruby>きましたか。

　　いいえ、行<ruby>い<rt></rt></ruby>きませんでした。

02 ① 病気<ruby>びょうき<rt></rt></ruby>で 会社<ruby>かいしゃ<rt></rt></ruby>を 休<ruby>やす<rt></rt></ruby>みました。

② 風邪<ruby>かぜ<rt></rt></ruby>で 薬<ruby>くすり<rt></rt></ruby>を 飲<ruby>の<rt></rt></ruby>みました。

③ 休<ruby>やす<rt></rt></ruby>みで うちに いました。

④ セールで スカートを 買<ruby>か<rt></rt></ruby>いました。

03 ① 仕事<ruby>しごと<rt></rt></ruby>の 後<ruby>あと<rt></rt></ruby>、ごはんを 食<ruby>た<rt></rt></ruby>べました。

② 勉強<ruby>べんきょう<rt></rt></ruby>の 後<ruby>あと<rt></rt></ruby>、映画<ruby>えいが<rt></rt></ruby>を 見<ruby>み<rt></rt></ruby>ました。

③ 買<ruby>か<rt></rt></ruby>い物<ruby>もの<rt></rt></ruby>の 後<ruby>あと<rt></rt></ruby>、うちへ 帰<ruby>かえ<rt></rt></ruby>りました。

④ 山登<ruby>やまのぼ<rt></rt></ruby>りの 後<ruby>あと<rt></rt></ruby>、一杯<ruby>いっぱい<rt></rt></ruby> 飲<ruby>の<rt></rt></ruby>みました。

04 ① 安<ruby>やす<rt></rt></ruby>い 服<ruby>ふく<rt></rt></ruby>、たくさん 買<ruby>か<rt></rt></ruby>いました。

② 冷<ruby>つめ<rt></rt></ruby>たい ジュース、たくさん 飲<ruby>の<rt></rt></ruby>みました。

③ 好<ruby>す<rt></rt></ruby>きな 乗<ruby>の<rt></rt></ruby>り物<ruby>もの<rt></rt></ruby>、たくさん 乗<ruby>の<rt></rt></ruby>りました。

④ おもしろい 映画<ruby>えいが<rt></rt></ruby>、たくさん 見<ruby>み<rt></rt></ruby>ました。

CHAPTER 13 課本p.216

01 ① 早<ruby>はや<rt></rt></ruby>く 食<ruby>た<rt></rt></ruby>べて、コーヒーを 飲<ruby>の<rt></rt></ruby>みました。

② 遅<ruby>おそ<rt></rt></ruby>く 帰<ruby>かえ<rt></rt></ruby>って、コーヒーを 飲<ruby>の<rt></rt></ruby>みました。

③ おもしろく 遊んで、コーヒーを 飲み
ました。

④ 安く 買って、コーヒーを 飲みました。

02 ① まじめに 勉強して、映画を 見ました。
② 熱心に 運動して、映画を 見ました。
③ 親切に 教えて、映画を 見ました。
④ 静かに 座って、映画を 見ました。

03 ① 午後は 仕事に 行きました。
② 午後は ショッピングに 行きました。
③ 午後は 散歩に 行きました。
④ 午後は 山登りに 行きました。

04 ① それじゃ ゆっくり 食べて ください。
② それじゃ ゆっくり 飲んで ください。
③ それじゃ ゆっくり 寝て ください。
④ それじゃ ゆっくり して ください。

CHAPTER 14 課本p.228

01 ① 歌を 歌って います。
② 道が 混んで います。
③ テレビを 見て います。
④ 勉強を して います。

02 ① 音楽を 聞きませんか。
② 歌を 歌いませんか。
③ テレビを 見ませんか。
④ 勉強を しませんか。

03 ① 今、部屋で 音楽を 聞いて います。
② 今、コーヒーショップで コーヒーを
飲んで います。
③ 今、映画館で 映画を 見て います。
④ 今、学校で 友だちに 会って います。

04 ① 大丈夫ですよ。飲みましょう。
② 大丈夫ですよ。しましょう。
③ 大丈夫ですよ。食べましょう。
④ 大丈夫ですよ。帰りましょう。

CHAPTER 15 課本p.240

01 ① 小さい 声では 読んでも いいです。
② 小さい 声では 歌っても いいです。
③ 小さい 声では 話し合っても いいです。
④ 小さい 声では 遊んでも いいです。

02 ① 本を 読んでも いいですか。
② 歌を 歌っても いいですか。
③ うちへ 帰っても いいですか。
④ 早く 寝ても いいですか。

03 ① そして 帰っては いけません。
② そして 歌っては いけません。
③ そして 読んでは いけません。
④ そして 話しては いけません。

04 ① 映画を 見ては いけません。
② 友だちに 会っては いけません。
③ 買い物を しては いけません。
④ コーヒーを 飲んでは いけません。

CHAPTER 1 課本 p.60

1 1 わたしは がくせいじゃ ありません。
  2 ぼくは かいしゃいんじゃ ありません。
  3 わたしは たなかじゃ ありません。
2 1 わたしは がくせいです。
  2 わたしは せんせいじゃ ありません。
  3 わたしは かいしゃいんじゃ ありません。
3 1 わたしは がくせいじゃ ありません。
  2 あなたは かいしゃいんじゃ ありません。
  3 はじめまして。

CHAPTER 2 課本p.72

1 1 それは にほんごの ほんです。
  2 あれは たなかさんの ノートです。
2 1 わたしのです。
  2 たなかさんのじゃ ありません。
3 1 それは ともだちの にほんごの ほんです。
  2 これも わたしのです。

CHAPTER 3 課本p.84

1 1 わたしは かいしゃいんでした。
  2 きのうは きんようびじゃ ありませんでした。
  3 おとといは どようびじゃ ありませんでした。
2 1 あそこは デパートですか。
  2 きのうは やすみでした。
  3 たなかさんは せんせいじゃ ありませんでした。

CHAPTER 4 課本p.100

1 1 かいしゃは くじから ろくじまでです。
  2 デパートは じゅうじから しちじまでです。
2 1 さかなは やすいです。
  2 くだものは おいしく ありません。
3 1 くだものは やすくて おいしいです。
  2 さかなは やすく ありません。

CHAPTER 5 課本p.112

1 1 なしは ろっぴゃくえんです。
  2 さかなは さんびゃくえんです。
2 1 わたしは りんごが すきです。/
    わたしは りんごが すきじゃ ありません。
  2 やさいは しんせんです。/
    やさいは しんせんじゃ ありません。
3 1 わたしは りんごが すきです。
  2 わたしは なしは すきじゃ ありません。

CHAPTER 6 課本p.124

1 1 しんせんな くだものです。
  2 やすい やさいです。
  3 おいしい りんごです。
2 1 おいしい りんごが ほしいです。
  2 はでな スカートは ほしく ありません。
  3 わたしは ともだちは ほしく ありません。

CHAPTER 7 課本p.136

1 1 スカートは やすかったです。

2 りんごは おいしく ありませんでした。

3 にくは たかく ありませんでした

2 1 さかなは しんせんじゃ ありませんでした。

2 スカートは はででした。

3 へやは きれいじゃ ありませんでした。

CHAPTER 8 課本p.152

1 1 かばんの 中^{なか}に 日本語^{にほんご}の 本^{ほん}が あります。

2 机^{つくえ}の 下^{した}に かばんが あります。

3 椅子^{いす}の 上^{うえ}に スカートが あります。

2 1 机^{つくえ}の 上^{うえ}に 何^{なに}が ありますか。

2 椅子^{いす}の 下^{した}に かばんが あります。

3 机^{つくえ}の 上^{うえ}に 何^{なに}も ありません。

CHAPTER 9 課本p.164

1 1 弟^{おとうと}が います。

2 田中^{たなか}さんが います。

2 1 台所^{だいどころ}に 父^{ちち}は いません。

2 部屋^{へや}の 中^{なか}に 弟^{おとうと}も います。

3 1 部屋^{へや}の 中^{なか}に 誰^{だれ}が いますか。

2 部屋^{へや}の 中^{なか}に 誰^{だれ}も いません。

CHAPTER 10 課本p.180

1 1 朝^{あさ}ごはんは 食べません。

2 勉強^{べんきょう}は しません

3 窓^{まど}は 開^あけません。

2 1 勉強^{べんきょう}を します。

2 テレビを 見^みます。

3 朝^{あさ}ごはんを 食^たべます。

3 1 あなたは 何時^{なんじ}に 起^おきますか。

2 朝^{あさ}ごはんを 食^たべます。

3 テレビは 見^みません。

CHAPTER 11 課本p.192

1 1 第一類動詞

2 （例外）第一類動詞

3 第一類動詞

4 第二類動詞

5 （例外）第一類動詞

6 第三類動詞

7 第一類動詞

8 （例外）第一類動詞

9 第二類動詞

10 第一類動詞

11 第三類動詞

12 （例外）第一類動詞

2 1 行^いきます

2 します

3 飲^のみます

4 食^たべます

5 帰ります

6 来ます

7 乗ります

8 見ます

9 入ります

10 会います

3 1 会社は 電車で 行きます。

2 何時から 仕事を しますか。

3 すぐ うちへ 帰りますか。

CHAPTER 12 課本p.204

1 1 昨日、コーヒーを 飲みましたか。/
   飲みました。

2 昨日、映画を 見ましたか。/
   見ませんでした。

3 昨日、友だちに 会いましたか。/
   会いました。

2 1 うちへ 帰りました。/
   うちへ 帰りませんでした。

2 勉強を しました。/
   勉強を しませんでした。

3 本が ありました。/
   本が ありませんでした。

CHAPTER 13 課本p.220

1 1 おいしく 食べましたか。/
   おいしく 食べました。

2 まじめに 勉強しましたか。/
   まじめに 勉強しました。

3 静かに いましたか。/
   静かに いませんでした。

2 1 昨日、友だちに 会って コーヒーを
   飲みました。

2 昨日、うちへ 帰って 勉強を しました。

3 昨日、本を 読んで 遅く 寝ました。

CHAPTER 14 課本p.232

1 1 飲みます。

2 会います。

3 見ません。

2 1 本を 読んで います。

2 朝ごはんを 食べて います。

3 歌を 歌って います。

CHAPTER 15 課本p.244

1 1 うちへ 帰っても いいですか。/
   うちへ 帰っても いいです。

2 肉を 食べても いいですか。/
   肉を 食べては いけません。

3 本を 読んでも いいですか。/
   本を 読んでも いいです。

2 1 写真を 撮っても いいですか。

2 食べ物を 食べては いけません。

3 話しても いいです。

CHAPTER 1~3 REVIEW TEST 課本p.87

1 1 わたしは がくせいじゃ ありません。

2 きのうは にちようびじゃ ありませんで した。

3 ここは デパートじゃ ありませんでした。

4 これは わたしの かばんじゃ ありません。

5 それは わたしのじゃ ありません。

2 1 それは にほんごの ほんです。

2 わたしは せんせいじゃ ありませんで した。

3 やすみは きのうじゃ ありませんでした。

4 きのうは デパートの セールでした。

5 あそこは かいしゃじゃ ありません。

3 1 きのうは デパートの やすみでした。

2 いいえ、あしたは がっこうの やすみじ ゃ ありません。

3 いいえ、きのうは がっこうの やすみじ ゃ ありませんでした。

4 きょうは かいしゃの やすみでした。

4 1 ○

2 × やすみです → やすみでした

3 ○

4 × にほんご ほんです
　　→ にほんごの ほんです

5 × げつようびじゃ ありません
　　→ げつようびじゃ ありませんでした

5 1 これは わたしの にほんごの ほんじゃ ありません。

2 ここは わたしの かいしゃです。

3 きのうは かいしゃの やすみでした。

4 デパートは セールで やすみじゃ あり ませんでした。

5 かばんは わたしのじゃ ありません。 たなかさんのです。

6 あなたは がくせいですか。/ はい、わたしは がくせいです。

7 あなたの やすみは いつですか。/ にちようびです。

CHAPTER 4~7 REVIEW TEST 課本p.139

1 1 くだものは やすいです。

2 りんごは やすく ありませんでした。

3 やさいは しんせんでした。

4 スカートは きれいです。

5 わたしは にくが すきじゃ ありません。

6 わたしの へやは きれいじゃ ありません でした。

7 しけんは むずかしく ありません。

8 くだものは おいしかったです。

2 1 わたしは なしが すきじゃ ありません。

2 すうがくは むずかしく ありません。

3 この スカートは きれいじゃ ありません。

4 しけんは かんたんじゃ ありませんでした。

5 やさいは やすく ありませんでした。

3 1 ○

2 × きれかったです → きれいでした

3 ○

4 ○

5 ○

6 × やすいて → やすくて

7 ○

8 × きれくて → きれいで

4 1 しけんは どうでしたか。

2 しけんは とても むずかしかったです。

3 さかなは ぜんぜん しんせんじゃ あり ませんでした。

266

4 りんごは ひとつ いくらですか。

5 スーパーは ごぜん くじから ごご じゅうじまでです。

6 スカートは きれいですが、たかいです。

7 りんごは やすくて おいしいです。

8 やさいは しんせんで やすいです。

6 部屋の 中に 誰も いません。

7 部屋の 中に 母と 父が います。

CHAPTER 8~9 REVIEW TEST 課本p.167

1 1 弟が います。

2 日本語の 本が あります。

3 かばんが あります。

4 いいえ、妹は いません。

5 いいえ、ノートは ありません。

2 1 × あります → ありません

2 ○

3 ○

4 × あります → います

5 ○

6 × います → あります

3 1 あります

2 ありません

3 いません

4 います

4 1 机の 上に 本が あります。

2 部屋の 中に 弟が います。

3 椅子の 下に 何も ありません。

4 かばんの 中に 本が ありますか。

5 机の 上に 本や 鉛筆や 消しゴム などが あります。

CHAPTER 10~12 REVIEW TEST 課本p.207

1 1 食べます　　2 飲みます

3 行きます　　4 帰ります

5 会います　　6 します

7 来ます　　8 見ます

9 あります　　10 います

2 1 コーヒーを 飲みました。

2 テレビを 見ませんでした。

3 学校へ 行きました。

4 友だちに 会いませんでした。

5 日本語の 勉強を しました。

3 1 昨日、映画を 見ました。

2 昨日、学校へ 行きました。うちには いませんでした。

3 おいしい ものを たくさん 食べました。

4 今日、友だちに 会います。

5 コーヒーが 好きで 飲みました。

4 1 × います → いました

2 × 友だちを → 友だちに

3 × 食べました → 飲みました

4 ○

5 ○

6 ○

5 1 残業で 会社に いました。

2 映画を 見ました。

3 日本語の 勉強を しました。

4 学校へ 行きませんでした。

5 コーヒーを たくさん 飲みました。

6 昨日 私は 学校に いました。

7 かばんの 中に 本が ありました。

CHAPTER 13~15 REVIEW TEST　課本p.247

1 1 帰って　　　　2 見て

3 話して　　　　4 会って

5 行って　　　　6 聞いて

7 待って　　　　8 して

9 来て　　　　　10 飲んで

2 1 早く 起きて ください。

2 静かに 話して ください。

3 本を 読んで ください。

4 うちへ 帰って ください。

5 早く 寝て ください。

3 1 帰っても いいです。

2 歌を 歌っては いけません。

3 映画を 見ては いけません。

4 友だちと 話しても いいです。

5 音楽を 聞いても いいです。

4 1 コーヒーを 飲んで います。

2 友だちを 待って います。

3 日本語の 勉強を して います。

4 ごはんを 食べて います。

5 写真を 撮って います。

5 1 ごはんを 食べて コーヒーを 飲みます。

2 勉強を して 音楽を 聞きます。

3 本を 読んで 友だちに 会います。

6 1 朝 起きて ごはんを 食べます。

2 写真を 撮っては いけません。

3 本を 読んでも いいです。

4 早く 起きて ください。

5 買い物に 行きます。

✔ 複習 正確答案

CHAPTER 1 課本 p.50

- □ あ　お
- □ ぬ　め
- □ わ　ね　れ
- □ さ　き　ち
- □ ら　る　ろ

CHAPTER 2 課本 p.62

- □ 初次見面。
- □ 請多多指教。
- □ 我是金時宇。
- □ 你是學生嗎？
- □ 不，我不是學生。

CHAPTER 3 課本 p.74

- □ 這是什麼？
- □ 那是日文書。
- □ 那也是時宇的書嗎？
- □ 是朋友史密斯的。

CHAPTER 4 課本 p.90

- □ 那裡是哪裡？
- □ 那裡是JK百貨公司。
- □ 百貨公司的休息日是什麼時候？
- □ 每週星期一。
- □ 昨天是休息日嗎？
- □ 昨天有特賣，因此不是休息日。

CHAPTER 5 課本 p.102

- □ 超市從上午9點開到晚上10點。
- □ 便宜又好吃。
- □ 蔬菜和肉都便宜。
- □ 魚不便宜。

CHAPTER 6 課本 p.114

- □ 一顆400日圓，3顆1000日圓。
- □ 這蘋果又新鮮又好吃。
- □ 不喜歡梨子。
- □ 只喜歡蘋果。

CHAPTER 7 課本 p.126

- □ 真是件漂亮的裙子呢。
- □ 雖然想要，但是很貴。
- □ 雖然是可愛的裙子，但是很花俏。
- □ 我想要樸素一點的裙子。

CHAPTER 8 課本 p.142

- □ 不簡單。
- □ 非常困難。
- □ 很辛苦呢。
- □ 不困難。

CHAPTER 9 課本p.154

☐ 書桌上有什麼呢？
☐ 有鉛筆、原子筆和橡皮擦等。
☐ 沒有字典。
☐ 椅子下面有什麼？
☐ 沒有，什麼都沒有。

CHAPTER 10 課本p.170

☐ 房間裡有誰？
☐ 有爸爸和弟弟。
☐ 媽媽不在。
☐ 有誰在客廳嗎？
☐ 不，什麼人都沒有。

CHAPTER 11 課本p.182

☐ 你幾點起床呢？
☐ 做什麼呢？
☐ 吃早餐。
☐ 早上不看電視。
☐ 8點出門。

CHAPTER 12 課本p.194

☐ 坐電車去公司。
☐ 需要30分鐘左右。
☐ 馬上回家嗎？
☐ 偶爾和朋友見面。

CHAPTER 13 課本p.210

☐ 昨天看了電影嗎？
☐ 不，沒看。
☐ 因為加班，待在公司。
☐ 加班後，喝了一杯。
☐ 吃了很多好吃的東西。

CHAPTER 14 課本p.222

☐ 因為很晚起床，喝了咖啡。
☐ 安靜地看書又看了電影。
☐ 下午去逛了街。
☐ 那麼請好好休息。

CHAPTER 15 課本p.234

☐ 正在聽音樂。
☐ 不去公園嗎？
☐ 現在在公園唱歌。
☐ 沒關係。走吧！

國家圖書館出版品預行編目（CIP）資料

我們的日語自修課：專為日語初學者訂做
的15堂課 / 金妍秀 著. -- 初版. -- 臺北市：
不求人文化, 2017. 03
面；　　公分
ISBN 978-986-93721-7-6（平裝附光碟片）

1. 日語 2. 讀本
803.18　　　　　　　　　　　105024911

我們的
日語自修課
專為日語初學者訂做的15堂課

書名 / 我們的日語自修課：專為日語初學者訂做的 15 堂課
作者 / 金妍秀
監修 / 朴貞韶
譯者 / 張琪惠 Fanny Homann-Chang
發行人 / 蔣敬祖
專案副總經理 / 廖晏婕
副總編輯 / 劉俐伶
執行編輯 / 黃凱怡
校對 / 張郁萱、涂雪靖
視覺指導 / 黃馨儀
美術設計 / 李宜璟
內頁排版 / 健呈電腦排版股份有限公司
法律顧問 / 北辰著作權事務所蕭雄淋律師
印製 / 金濱印刷事業有限公司
初版 / 2017年03月
初版三刷 / 2017年10月
出版 / 我識出版集團─不求人文化有限公司
電話 / （02）2345-7222
傳真 / （02）2345-5758
地址 / 台北市忠孝東路五段372巷27弄78之1號1樓
郵政劃撥 / 19793190
戶名 / 我識出版社
網址 / www.17buy.com.tw
E-mail / iam.group@17buy.com.tw
facebook網址 / www.facebook.com/ImPublishing
定價 / 新台幣 449 元 / 港幣 150 元（附光碟）
가장 쉬운 독학 일본어 첫걸음

總經銷 / 我識出版社有限公司業務部
地址 / 新北市汐止區新台五路一段114號12樓
電話 / (02) 2696-1357 傳真 / (02) 2696-1359

地區經銷 / 易可數位行銷股份有限公司
地址 / 新北市新店區寶橋路235巷6弄3號5樓

港澳總經銷 / 和平圖書有限公司
地址 / 香港柴灣嘉業街12號百樂門大廈17樓
電話 / (852) 2804-6687 傳真 / (852) 2804-6409

2011 不求人文化

2009 懶鬼子英日語

我識出版集團
I'm Publishing Group
www.17buy.com.tw

2006 意識文化

2005 易富文化

2004 我識地球村

2001 我識出版社

2011 不求人文化

2009 懶鬼子英日語

我識出版集團
I'm Publishing Group
www.17buy.com.tw

2006 意識文化

2005 易富文化

2004 我識地球村

2001 我識出版社

我們的
日語自修課

50音習字帖

あ 行

あ [a]	あ	あ	あ				

い [i]	い	い	い				

う [u]	う	う	う				

え [e]	え	え	え				

お [o]	お	お	お				

片假名							

ア [a] ｜ ア ア ア

イ [i] ｜ イ イ イ

ウ [u] ｜ ウ ウ ウ

エ [e] ｜ エ エ エ

オ [o] ｜ オ オ オ

か
[ka]

か か か

き
[ki]

き き き

く
[ku]

く く く

け
[ke]

け け け

こ
[ko]

こ こ こ

カ行

| 片假名 |

カ	カ	カ	カ			
[ka]						

キ	キ	キ	キ			
[ki]						

ク	ク	ク	ク			
[ku]						

ケ	ケ	ケ	ケ			
[ke]						

コ	コ	コ	コ			
[ko]						

さ 行

さ
[sa]
さ さ さ

し
[shi]
し し し

す
[su]
す す す

せ
[se]
せ せ せ

そ
[so]
そ そ そ

| 片假名 | | | | | | |

サ	サ	サ	サ				
[sa]							

シ	シ	シ	シ				
[shi]							

ス	ス	ス	ス				
[su]							

セ	セ	セ	セ				
[se]							

ソ	ソ	ソ	ソ				
[so]							

た行

平假名

	た	た	た			
た [ta]						

	ち	ち	ち			
ち [chi]						

	つ	つ	つ			
つ [tsu]						

	て	て	て			
て [te]						

	と	と	と			
と [to]						

片假名

タ [ta]	タ	タ	タ				

チ [chi]	チ	チ	チ				

ツ [tsu]	ツ	ツ	ツ				

テ [te]	テ	テ	テ				

ト [to]	ト	ト	ト				

な行

| 平假名 |

な [na]	な	な	な				

に [ni]	に	に	に				

ぬ [nu]	ぬ	ぬ	ぬ				

ね [ne]	ね	ね	ね				

の [no]	の	の	の				

片假名

ナ [na]	ナ	ナ	ナ				

二 [ni]	二	二	二				

ヌ [nu]	ヌ	ヌ	ヌ				

ネ [ne]	ネ	ネ	ネ				

ノ [no]	ノ	ノ	ノ				

|平假名|

は [ha]	は	は	は			

ひ [hi]	ひ	ひ	ひ			

ふ [hu]	ふ	ふ	ふ			

へ [he]	へ	へ	へ			

ほ [ho]	ほ	ほ	ほ			

ハ行

ハ　ハ　ハ　ハ
[ha]

ヒ　ヒ　ヒ　ヒ
[hi]

フ　フ　フ　フ
[hu]

ヘ　ヘ　ヘ　ヘ
[he]

ホ　ホ　ホ　ホ
[ho]

ま行

ま [ma] ま ま ま

み [mi] み み み

む [mu] む む む

め [me] め め め

も [mo] も も も

| 片假名 |

マ [ma]	マ	マ	マ				

ミ [mi]	ミ	ミ	ミ				

ム [mu]	ム	ム	ム				

メ [me]	メ	メ	メ				

モ [mo]	モ	モ	モ				

や行

	や	や	や			
や [ya]						

	ゆ	ゆ	ゆ			
ゆ [yu]						

	よ	よ	よ			
よ [yo]						

ヤ [ya] ヤ ヤ ヤ

ユ [yu] ユ ユ ユ

ヨ [yo] ヨ ヨ ヨ

| 平假名 |

ら [ra] ら ら ら

り [ri] り り り

る [ru] る る る

れ [re] れ れ れ

ろ [ro] ろ ろ ろ

片假名

ラ [ra]	ラ	ラ	ラ				

リ [ri]	リ	リ	リ				

ル [ru]	ル	ル	ル				

レ [re]	レ	レ	レ				

ロ [ro]	ロ	ロ	ロ				

わ行

| 平假名 |

わ [wa]	わ	わ	わ				

を [o]	を	を	を				

ん

ん [n]	ん	ん	ん				

ワ
[wa]

ワ ワ ワ

ヲ
[o]

ヲ ヲ ヲ

ン
[n]

ン ン ン

が 行

が	が	が	が				
[ga]							

ぎ	ぎ	ぎ	ぎ				
[gi]							

ぐ	ぐ	ぐ	ぐ				
[gu]							

げ	げ	げ	げ				
[ge]							

ご	ご	ご	ご				
[go]							

片假名

ガ	ガ	ガ	ガ					
[ga]								

ギ	ギ	ギ	ギ					
[gi]								

グ	グ	グ	グ					
[gu]								

ゲ	ゲ	ゲ	ゲ					
[ge]								

ゴ	ゴ	ゴ	ゴ					
[go]								

ざ行

ざ [za]	ざ	ざ	ざ				

じ [ji]	じ	じ	じ				

ず [zu]	ず	ず	ず				

ぜ [ze]	ぜ	ぜ	ぜ				

ぞ [zo]	ぞ	ぞ	ぞ				

片假名

ザ	ザ	ザ	ザ			
[za]						

ジ	ジ	ジ	ジ			
[ji]						

ズ	ズ	ズ	ズ			
[zu]						

ゼ	ゼ	ゼ	ゼ			
[ze]						

ゾ	ゾ	ゾ	ゾ			
[zo]						

だ
[da]
だ だ だ

ぢ
[ji]
ぢ ぢ ぢ

づ
[zu]
づ づ づ

で
[de]
で で で

ど
[do]
ど ど ど

片假名

ダ	ダ	ダ	ダ				
[da]							

ヂ	ヂ	ヂ	ヂ				
[ji]							

ヅ	ヅ	ヅ	ヅ				
[zu]							

デ	デ	デ	デ				
[de]							

ド	ド	ド	ド				
[do]							

平假名

ば	ば	ば	ば				
[ba]							

び	び	び	び				
[bi]							

ぶ	ぶ	ぶ	ぶ				
[bu]							

べ	べ	べ	べ				
[be]							

ぼ	ぼ	ぼ	ぼ				
[bo]							

バ
[ba]
バ バ バ

ビ
[bi]
ビ ビ ビ

ブ
[bu]
ブ ブ ブ

ベ
[be]
ベ ベ ベ

ボ
[bo]
ボ ボ ボ

ぱ_行

ぱ [pa]	ぱ	ぱ	ぱ				

ぴ [pi]	ぴ	ぴ	ぴ				

ぷ [pu]	ぷ	ぷ	ぷ				

ぺ [pe]	ぺ	ぺ	ぺ				

ぽ [po]	ぽ	ぽ	ぽ				

パ行

| 片假名 |

パ [pa]	パ	パ	パ				

ピ [pi]	ピ	ピ	ピ				

プ [pu]	プ	プ	プ				

ペ [pe]	ペ	ペ	ペ				

ポ [po]	ポ	ポ	ポ				

拗音

きゃ	きゃ	きゅ	きゅ	きょ	きょ
[kya]		[kyu]		[kyo]	

ぎゃ	ぎゃ	ぎゅ	ぎゅ	ぎょ	ぎょ
[gya]		[gyu]		[gyo]	

しゃ	しゃ	しゅ	しゅ	しょ	しょ
[sha]		[shu]		[sho]	

キャ	キャ	キュ	キュ	キョ	キョ
[kya]		[kyu]		[kyo]	

ギャ	ギャ	ギュ	ギュ	ギョ	ギョ
[gya]		[gyu]		[gyo]	

シャ	シャ	シュ	シュ	ショ	ショ
[sha]		[shu]		[sho]	

拗音

じゃ	じゃ	じゅ	じゅ	じょ	じょ
[ja]		[ju]		[jo]	

ちゃ	ちゃ	ちゅ	ちゅ	ちょ	ちょ
[cha]		[chu]		[cho]	

にゃ	にゃ	にゅ	にゅ	にょ	にょ
[nya]		[nyu]		[nyo]	

34

| 片假名 | | | | | |

ジャ	ジャ	ジュ	ジュ	ジョ	ジョ
[ja]		[ju]		[jo]	

チャ	チャ	チュ	チュ	チョ	チョ
[cha]		[chu]		[cho]	

ニャ	ニャ	ニュ	ニュ	ニョ	ニョ
[nya]		[nyu]		[nyo]	

ひゃ	ひゃ	ひゅ	ひゅ	ひょ	ひょ
[hya]		[hyu]		[hyo]	

びゃ	びゃ	びゅ	びゅ	びょ	びょ
[bya]		[byu]		[byo]	

ぴゃ	ぴゃ	ぴゅ	ぴゅ	ぴょ	ぴょ
[pya]		[pyu]		[pyo]	

| 片假名 | | | | | |

ヒャ [hya]	ヒャ	ヒュ [hyu]	ヒュ	ヒョ [hyo]	ヒョ

ビャ [bya]	ビャ	ビュ [byu]	ビュ	ビョ [byo]	ビョ

ピャ [pya]	ピャ	ピュ [pyu]	ピュ	ピョ [pyo]	ピョ

みゃ	みゃ	みゅ	みゅ	みょ	みょ
[mya]		[myu]		[myo]	

りゃ	りゃ	りゅ	りゅ	りょ	りょ
[rya]		[ryu]		[ryo]	

| 片假名 | | | | | |

ミャ [mya]	ミャ	ミュ [myu]	ミュ	ミョ [myo]	ミョ

リャ [rya]	リャ	リュ [ryu]	リュ	リョ [ryo]	リョ

單字

わたし 我	わたし		

あなた 你	あなた		

かいしゃいん 公司職員	
かいしゃいん	

せんせい 老師	せんせい		

がくせい 學生	がくせい		

ほん 書	ほん		

ノート 筆記本	ノート		

かばん 書包	かばん		

えいご 英文	えいご		

かんこく 韓國	かんこく		

にほんご 日文	にほんご		

ともだち 朋友	ともだち		

ぎんこう 銀行	ぎんこう		

がっこう 學校	がっこう		

びょういん 醫院	
びょういん	

デパート 百貨公司	デパート		

きのう 昨天	きのう		

おいしい 好吃	おいしい		
おおい 多	おおい		
ひろい 寛	ひろい		
せまい 窄	せまい		
やすい 便宜	やすい		
たかい 高,貴	たかい		
すくない 少	すくない		
やさい 蔬菜	やさい		
さかな 魚	さかな		
ごぜん 上午	ごぜん		

ごご 下午	ごご		

くだもの 水果	くだもの		

にく 肉	にく		

りんご 蘋果	りんご		

なし 梨子	なし		

へや 房間	へや		

おもしろい 有趣	
おもしろい	

てんいん 店員	てんいん		

かわいい 可愛	かわいい		

べんりだ 便利	べんりだ		

くるま 汽車	くるま		

むずかしい 困難		
むずかしい		

しけん 考試	しけん		

つくえ 書桌	つくえ		

いす 椅子	いす		

テーブル 桌子	テーブル		

えんぴつ 鉛筆	えんぴつ		

けしゴム 橡皮擦	けしゴム		

ボールペン	
原子筆	
ボールペン	

| じしょ | じしょ | | |
| 字典 | | | |

| ざっし | ざっし | | |
| 雑誌 | | | |

だいどころ	
廚房	
だいどころ	

| おきる | おきる | | |
| 起床 | | | |

| ねる | ねる | | |
| 睡覺 | | | |

| でる | でる | | |
| 出去，出來 | | | |

| くる | くる | | |
| 來 | | | |

テレビ 電視	テレビ		

みる 看	みる		

べんきょう 學習	
べんきょう	

よる 晚上	よる		

たべる 吃	たべる		

ごはん 飯	ごはん		

バス 巴士	バス		

タクシー 計程車	タクシー		

はいる 進去	はいる		

はな 花	はな		

のる 搭乗	のる		

しごと 工作，業務	しごと		

きのう 昨天	きのう		

えいが 電影	えいが		

コーヒー 咖啡	コーヒー		

のむ 喝	のむ		

かえる 回去	かえる		

ざんぎょう 加班	
ざんぎょう	

あと 之後	あと		

かいもの 購物	かいもの		

やまのぼり 登山		
やまのぼり		

ふく 衣服	ふく		

つめたい 冷、冰	つめたい		

ジュース 果汁	ジュース		

かう 買	かう		

うんどうする 運動		
うんどうする		

おしえる 教導	おしえる		

すわる 坐	すわる		

さんぽ 散步	さんぽ		

おんがく 音樂	おんがく		

きく 聽	きく		

うた 歌	うた		

うたう 唱	うたう		

こうえん 公園	こうえん		

えいがかん 電影院	
えいがかん	

かしゅ 歌手	かしゅ		

ちいさい 小	ちいさい		

こえ 聲音	こえ		

はなす 說話	はなす		

よむ 讀	よむ		

あそぶ 玩	あそぶ		

しゃしん 照片	しゃしん		

はしる 奔跑	はしる		

はくぶつかん 博物館	
はくぶつかん	

さわる触摸	さわる		

きれいだ漂亮・乾淨	きれいだ		

たべもの食物	たべもの		

しんせつだ親切		
しんせつだ		

けさ今天早上	けさ		

しずかだ安靜	しずかだ		

おかしい奇怪	おかしい		

つよい強	つよい		

よわい弱	よわい		

うすい 薄	うすい		

わかい 年輕	わかい		

まるい 圓	まるい		

げんきだ 健康	げんきだ		

おどる 跳舞	おどる		

おなじだ 相同	おなじだ		

じゅうようだ 重要	
じゅうようだ	

しんぱいだ 擔心	
しんぱいだ	

うらやましい 羨慕	
うらやましい	

じょうずだ 擅長	
じょうずだ	

わらう 笑	わらう		

ねがう 希望	ねがう		

あつい 熱	あつい		

まつ 等待	まつ		

じゆうだ 自由	じゆうだ		

うれしい 開心	うれしい		

さむい 冷	さむい		
すきだ 喜歡	すきだ		
おもう 想	おもう		
きる 穿	きる		
しんじる 相信	しんじる		
あつめる 收集	あつめる		
くらべる 比較	くらべる		
つとめる 工作	つとめる		

せいかくだ 正確	
せいかくだ	

平假名五十音表 ✒ 請完成

	あ行	か行	さ行	た行	な行	は行	ま行	や行	ら行	わ行	
あ段	[a]	[ka]	[sa]	[ta]	[na]	[ha]	[ma]	[ya]	[ra]	[wa]	[n]
い段	[i]	[ki]	[shi]	[chi]	[ni]	[hi]	[mi]		[ri]		
う段	[u]	[ku]	[su]	[tsu]	[nu]	[hu]	[mu]	[yu]	[ru]		
え段	[e]	[ke]	[se]	[te]	[ne]	[he]	[me]		[re]		
お段	[o]	[ko]	[so]	[to]	[no]	[ho]	[mo]	[yo]	[ro]	[o]	

段	ア行	カ行	サ行	タ行	ナ行	ハ行	マ行	ヤ行	ラ行	ワ行	
ア段	[a]	[ka]	[sa]	[ta]	[na]	[ha]	[ma]	[ya]	[ra]	[wa]	[n]
イ段	[i]	[ki]	[shi]	[chi]	[ni]	[hi]	[mi]		[ri]		
ウ段	[u]	[ku]	[su]	[tsu]	[nu]	[hu]	[mu]	[yu]	[ru]		
エ段	[e]	[ke]	[se]	[te]	[ne]	[he]	[me]		[re]		
オ段	[o]	[ko]	[so]	[to]	[no]	[ho]	[mo]	[yo]	[ro]	[o]	

我們的日語自修課

零基礎、零起點！

完全沒學過日語；只學過50音；曾經學過一點點日語；
無論是哪個階段的你，隨時都可以重新學習！

★**量身訂做學習計畫表，掌握進度最有效！**
特別為忙碌的現代人量身打造學習計畫表，只要15堂課，
就能從50音到開口說日語。

★**用短篇漫畫學50音，有趣又好記！**
將50音串成漫畫，看對話記發音，利用圖像記憶來加深
印象才能記得長久。

★**看漫畫學情境會話，隨時隨地開口說日語！**
運用情境漫畫學習單字與會話，深入淺出地解說文法和
句型，讓你隨時都能開口說日語。

★**搭配題目手寫練習，凡寫過必留下記憶！**
每一課最後皆有題目練習，提筆寫字可以幫助人腦記憶，
學習效果好到讓你想忘都忘不了。

★**趣味日本小故事，**
學日語還能學到日本文化！
每個章節皆有趣味日本小故事，學習日語之餘還能認識
日本文化，讓你的日語說得更道地。

我們的
日語自修課

模擬練習本

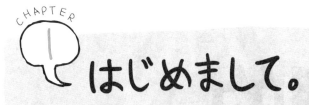

はじめまして。

初次見面。

1 請寫出下列日文的涵義。

1　はじめまして　　　→ _____

2　わたし　　　　　　→ _____

3　〜は　　　　　　　→ _____

4　〜です　　　　　　→ _____

5　どうぞ　　　　　　→ _____

6　よろしく　　　　　→ _____

7　おねがいします　　→ _____

8　ぼく　　　　　　　→ _____

9　こちらこそ　　　　→ _____

10　あなた　　　　　　→ _____

11　がくせい　　　　　→ _____

12 ～ですか　　　　→ ＿＿＿＿＿＿＿＿＿＿＿＿

13 いいえ　　　　　→ ＿＿＿＿＿＿＿＿＿＿＿＿

14 ～じゃ ありません → ＿＿＿＿＿＿＿＿＿＿＿＿

2 請將下列單字翻譯為日文。

1 初次見面　　　　→ ＿＿＿＿＿＿＿＿＿＿＿＿＿＿

2 我　　　　　　　→ ＿＿＿＿＿＿＿＿＿＿＿＿＿＿

3 主格助詞　　　　→ ＿＿＿＿＿＿＿＿＿＿＿＿＿＿

4 是～　　　　　　→ ＿＿＿＿＿＿＿＿＿＿＿＿＿＿

5 請　　　　　　　→ ＿＿＿＿＿＿＿＿＿＿＿＿＿＿

6 多多　　　　　　→ ＿＿＿＿＿＿＿＿＿＿＿＿＿

7 指教　　　　　　→ ＿＿＿＿＿＿＿＿＿＿＿＿＿

8 我（男子自稱）　→ ＿＿＿＿＿＿＿＿＿＿＿＿＿

9 我才是　　　　　→ ＿＿＿＿＿＿＿＿＿＿＿＿＿

10 你　　　　　　　→ ＿＿＿＿＿＿＿＿＿＿＿＿＿

11 學生　　　　　　→ ＿＿＿＿＿＿＿＿＿＿＿＿＿

12 是～嗎？　　　　→ ＿＿＿＿＿＿＿＿＿＿＿＿＿

13 不 → _____

14 不是～ → _____

3 請將下列句子翻譯為日文。

1 初次見面。

→ _____

2 請多多指教。

→ _____

3 我是金時宇。

→ _____

4 你是學生嗎？

→ _____

5 不，我不是學生。

→ _____

4 請聽下列句子選出正確答案。

1 🎧 02-01-01 題目 我的職業是什麼？

① がくせいです。

② たなかです。

③ かいしゃいんです。

④ わたしです。

5 請聽下列對話後填空。🎧 02-01-02

男 ＿＿＿＿＿。＿＿＿＿＿は キム・シウです。

どうぞ よろしく＿＿＿＿＿。

女 はじめまして。＿＿＿＿＿は たなか ゆりえです。

＿＿＿＿＿ どうぞ よろしく。

男 ＿＿＿＿＿は がくせいですか。

女 ＿＿＿＿＿、わたしは ＿＿＿＿＿＿＿＿＿。

かいしゃいんです。

これは なんですか。

這是什麼？

1 請寫出下列日文的涵義。

1 これ → _____

2 なん → _____

3 それ → _____

4 にほんご → _____

5 ～の → _____

6 ほん → _____

7 ～も → _____

8 ともだち → _____

9 ～のです → _____

10 では → _____

11 ノート → _____

12 はい　　　　　　　→ ＿＿＿＿＿＿＿＿＿＿＿＿

2 請將下列單字翻譯為日文。

1 這個　　　　　　　→ ＿＿＿＿＿＿＿＿＿＿＿＿＿＿

2 什麼　　　　　　　→ ＿＿＿＿＿＿＿＿＿＿＿＿＿＿

3 那個　　　　　　　→ ＿＿＿＿＿＿＿＿＿＿＿＿＿＿

4 日語　　　　　　　→ ＿＿＿＿＿＿＿＿＿＿＿＿＿＿

5 〜的　　　　　　　→ ＿＿＿＿＿＿＿＿＿＿＿＿＿＿

6 書　　　　　　　　→ ＿＿＿＿＿＿＿＿＿＿＿＿＿＿

7 〜也　　　　　　　→ ＿＿＿＿＿＿＿＿＿＿＿＿＿＿

8 朋友　　　　　　　→ ＿＿＿＿＿＿＿＿＿＿＿＿＿＿

9 〜的東西　　　　　→ ＿＿＿＿＿＿＿＿＿＿＿＿＿＿

10 那麼　　　　　　　→ ＿＿＿＿＿＿＿＿＿＿＿＿＿＿

11 筆記本　　　　　　→ ＿＿＿＿＿＿＿＿＿＿＿＿＿＿

12 是（肯定的回答）　→ ＿＿＿＿＿＿＿＿＿＿＿＿＿＿

3 請將下列句子翻譯為日文。

1 這是什麼？

→ _____

2 那是日語書。

→ _____

3 這也是你的書嗎？

→ _____

4 是朋友的。

→ _____

4 請聽下列句子選出正確答案。

1 🎧 02-02-01 [題目] 書是誰的？

① わたし　　　　② ぼく

③ ともだち　　　④ たなかさん

⑤ がくせい

5 請聽下列對話後填空。 🎧 **02-02-02**

女　これは ＿＿＿＿＿ですか。

男　＿＿＿＿＿ わたしの　にほんごの　＿＿＿＿＿です。

女　＿＿＿＿＿ シウさんの　ほんですか。

男　いいえ、あれは　わたしの　＿＿＿＿＿＿＿。

＿＿＿＿＿ スミスのです。

女　では、それも　スミスさんの　＿＿＿＿＿ですか。

男　いいえ、これは　＿＿＿＿＿。

あそこは どこですか。

那裡是哪裡？

1 請寫出下列日文的涵義。

1 あそこ → ＿＿＿＿＿＿＿＿＿＿＿

2 どこですか → ＿＿＿＿＿＿＿＿＿＿＿

3 デパート → ＿＿＿＿＿＿＿＿＿＿＿

4 やすみ → ＿＿＿＿＿＿＿＿＿＿＿

5 いつですか → ＿＿＿＿＿＿＿＿＿＿＿

6 まいしゅう → ＿＿＿＿＿＿＿＿＿＿＿

7 げつようび → ＿＿＿＿＿＿＿＿＿＿＿

8 そうですか → ＿＿＿＿＿＿＿＿＿＿＿

9 きのう → ＿＿＿＿＿＿＿＿＿＿＿

10 ～でしたか → ＿＿＿＿＿＿＿＿＿＿＿

11 セール → ＿＿＿＿＿＿＿＿＿＿＿

12 ～で　　　　　　→ _____

13 ～じゃ　ありませんでした　→ _____

2 請將下列單字翻譯為日文。

1 那裡　　　　　　→ _____

2 哪裡　　　　　　→ _____

3 百貨公司　　　　→ _____

4 休息日　　　　　→ _____

5 什麼時候　　　　→ _____

6 每週　　　　　　→ _____

7 星期一　　　　　→ _____

8 原來如此　　　　→ _____

9 昨天　　　　　　→ _____

10 （過去）是～嗎？→ _____

11 拍賣、特賣　　　→ _____

12 因為，所以　　　→ _____

13 過去不是～　　　→ _____

3 請將下列句子翻譯為日文。

1 那裡是JK百貨公司。

→ _____

2 百貨公司的休息日是什麼時候？

→ _____

3 昨天是休息日嗎？

→ _____

4 不是休息日。

→ _____

4 請聽下列句子選出正確答案。

1 🎧 02-03-01 題目 休息日是什麼時候？

① げつようび

② かようび

③ どようび

④ きんようび

2 🎧 02-03-02 題目 昨天是哪裡的休息日？

① かいしゃ

② デパート

③ がっこう

④ ぎんこう

5 請聽下列對話後填空。🎧 02-03-03

男1 あそこは ＿＿＿＿＿＿ですか。

男2 ＿＿＿＿＿＿は JKデパートです。

男1 あ、＿＿＿＿＿＿ですか。デパートの ＿＿＿＿＿＿は

いつですか。

男2 デパートの やすみは まいしゅう ＿＿＿＿＿＿です。

男1 そうですか。では、＿＿＿＿＿＿は ＿＿＿＿＿＿。

男2 いいえ、きのうは ＿＿＿＿＿＿、＿＿＿＿＿＿。

やすくて おいしいです。

便宜又好吃。

1 請寫出下列日文的涵義。

1 スーパー → _____

2 なんじ → _____

3 ～から → _____

4 ～まで → _____

5 ごぜん → _____

6 ごご → _____

7 くだもの → _____

8 やすい → _____

9 おいしい → _____

10 やさい → _____

11 にく → _____

12 さかな　　　　　→ _____

2 請將下列單字翻譯為日文。

1 超市　　　　　→ _____

2 幾點　　　　　→ _____

3 ～起　　　　　→ _____

4 ～為止　　　　→ _____

5 上午　　　　　→ _____

6 下午　　　　　→ _____

7 水果　　　　　→ _____

8 便宜　　　　　→ _____

9 好吃　　　　　→ _____

10 蔬菜　　　　　→ _____

11 肉　　　　　　→ _____

12 魚　　　　　　→ _____

3 請將下列句子翻譯為日文。

1 超市從早上9點到晚上10點。

→ _____

2 便宜又好吃。

→ _____

3 蔬菜和肉都便宜。

→ _____

4 魚不便宜。

→ _____

4 請聽下列句子選出正確答案。

1 🎧 02-04-01 題目 肉的價格如何？

① やすいです。

② おいしいです。

③ やすく ありません。

④ たかく ありません。

2　🎧 02-04-02 題目 超市從幾點開到幾點？

① ごぜん くじから ごご しちじまでです。

② ごぜん じゅうじから ごご しちじまでです。

③ ごぜん じゅうじから ごご はちじまでです。

④ ごご じゅうじから ごぜん しちじまでです。

5　請聽下列對話後填空。🎧 02-04-03

男　_____は なんじから なんじまでですか。

女　スーパーは _____ _____から

　　ごご じゅうじまでです。

男　そうですか。スーパーの _____は どうですか。

女　_____ おいしいです。

　　やさいと にくも _____。

男　さかなも やすいですか。

女　いいえ、さかなは _____。

CHAPTER

5

しんせんで おいしいです。

新鮮又好吃。

1 請寫出下列日文的涵義。

1 りんご → _____

2 いくらですか → _____

3 ひとつ → _____

4 よんひゃく → _____

5 えん → _____

6 みっつ → _____

7 せん → _____

8 しんせんだ → _____

9 なし → _____

10 すきだ → _____

11 〜だけ → _____

2　請將下列單字翻譯為日文。

1　蘋果　　　　　　　　→ _____

2　多少錢？　　　　　　→ _____

3　一　　　　　　　　　→ _____

4　400　　　　　　　　→ _____

5　日圓（日本貨幣單位）→ _____

6　三個　　　　　　　　→ _____

7　1,000　　　　　　　→ _____

8　新鮮　　　　　　　　→ _____

9　梨子（水果）　　　　→ _____

10　喜歡　　　　　　　　→ _____

11　～只　　　　　　　　→ _____

3 請將下列句子翻譯為日文。

1 一顆400日圓。

→ _____

2 新鮮又好吃

→ _____

3 我不喜歡梨子。

→ _____

4 我只喜歡蘋果。

→ _____

4 請聽下列句子選出正確答案。

1 🎧 02-05-01 題目 蘋果一顆多少錢？

① ひとつ ひゃくえんです。

② ひとつ にひゃくえんです。

③ ひとつ ななひゃくえんです。

④ ひとつ よんひゃくえんです。

2　🎧 02-05-02 [題目] 田中喜歡什麼水果？

① りんご

② なし

③ みかん

④ いちご

5　請聽下列對話後填空。🎧 02-05-03

男　りんごは _____。

女1 _____ よんひゃくえん、

_____ せんえんです。

女2 _____ですか。

女1 この りんごは _____ おいしいです。

この なしも おいしいです。

男　なしは _____。りんごだけ _____ すきで

す。

きれいな スカートですね。

真是件漂亮的裙子呢。

1 請寫出下列日文的涵義。

1 きれいだ　　　　→ _____

2 スカート　　　　→ _____

3 ～ですね　　　　→ _____

4 ほしい　　　　　→ _____

5 ～ですが　　　　→ _____

6 たかい　　　　　→ _____

7 ～ですよ　　　　→ _____

8 そんなに　　　　→ _____

9 かわいい　　　　→ _____

10 はでだ　　　　　→ _____

11 すこし　　　　　→ _____

12 じみだ　　　　　　→ _____

2　請將下列單字翻譯為日文。

1　漂亮，乾淨　　　　→ _____

2　裙子　　　　　　　→ _____

3　是～呢　　　　　　→ _____

4　想要　　　　　　　→ _____

5　雖然～　　　　　　→ _____

6　昂貴　　　　　　　→ _____

7　是～　　　　　　　→ _____

8　那樣　　　　　　　→ _____

9　可愛　　　　　　　→ _____

10　華麗　　　　　　　→ _____

11　稍微　　　　　　　→ _____

12　樸素　　　　　　　→ _____

3 請將下列句子翻譯為日文。

1 是漂亮的裙子。

→ _____

2 漂亮而且不貴。

→ _____

3 是可愛的裙子，但是太花俏了。

→ _____

4 我想要樸素一點的裙子。

→ _____

4 請聽下列句子選出正確答案。

1 🎧 02-06-01 題目 你想要怎樣的裙子？

① はでで たかい スカート

② じみで たかい スカート

③ はでで やすい スカート

④ じみで やすい スカート

2 🎧 02-06-02 [題目] 田中想要什麼？

① りんご

② やさい

③ にく

④ さかな

5 請聽下列對話後填空。 🎧 02-06-03

男 これ、_____。

女 ええ、_____ スカートですね。

ほしいですが、_____よ。

男 では、これは どうですか。

_____ そんなに _____。

女 _____ スカートですが、_____。

すこし _____ スカート_____ ほしいです。

CHAPTER

7

かんたんじゃ ありませんでした。

不簡單。

1 請寫出下列日文的涵義。

1 えいご → _____

2 しけん → _____

3 どうでしたか → _____

4 かんたんだ → _____

5 とても → _____

6 むずかしい → _____

7 たいへんだ → _____

8 でも → _____

9 にほんご → _____

10 ぜんぜん → _____

11 よかった → _____

2 請將下列單字翻譯為日文。

1 英文 → ＿＿＿＿＿＿＿＿＿＿＿＿＿＿

2 考試 → ＿＿＿＿＿＿＿＿＿＿＿＿＿＿

3 怎麼樣？ → ＿＿＿＿＿＿＿＿＿＿＿＿＿＿

4 簡單 → ＿＿＿＿＿＿＿＿＿＿＿＿＿＿

5 非常 → ＿＿＿＿＿＿＿＿＿＿＿＿＿＿

6 困難 → ＿＿＿＿＿＿＿＿＿＿＿＿＿＿

7 辛苦 → ＿＿＿＿＿＿＿＿＿＿＿＿＿＿

8 不過，可是 → ＿＿＿＿＿＿＿＿＿＿＿＿＿＿

9 日文 → ＿＿＿＿＿＿＿＿＿＿＿＿＿＿

10 完全不（伴隨否定句）→ ＿＿＿＿＿＿＿＿＿＿＿＿＿＿

11 太好了 → ＿＿＿＿＿＿＿＿＿＿＿＿＿＿

3 請將下列句子翻譯為日文（過去式）。

1 不簡單。

→ _____

2 非常困難。

→ _____

3 應該很辛苦。

→ _____

4 不困難。

→ _____

4 請聽下列句子選出正確答案。

1 🎧 02-07-01 題目 沒買裙子的理由是什麼？

① やすかったです。

② たかかったです。

③ はででした。

④ じみでした。

2 　🎧 02-07-02 　題目 日文考試如何？

① むずかしかったです。

② かんたんじゃ ありませんでした。

③ むずかしく ありませんでした。

④ かんたんでした。

5 請聽下列對話後填空。🎧 02-07-03

男1 　えいごの　しけんは ＿＿＿＿＿＿。

男2 　＿＿＿＿＿＿じゃ ありませんでした。

とても ＿＿＿＿＿＿＿＿＿。

男1 　＿＿＿＿＿＿＿＿＿ね。

男2 　でも、にほんごは ＿＿＿＿＿ むずかしく ありません

でした。

男1 　それは ＿＿＿＿＿＿＿＿＿。

何^{なに}が ありますか。

有什麼？

1 請寫出下列日文的涵義。

1 机^{つくえ} → _____

2 上^{うえ} → _____

3 何^{なに}が → _____

4 ありますか → _____

5 鉛筆^{えんぴつ} → _____

6 〜や → _____

7 ボールペン → _____

8 消^けしゴム → _____

9 〜など → _____

10 辞書^{じしょ} → _____

11 ありません → _____

12 下^{した} → _____

12 下<ruby>した</ruby> → _____

13 何<ruby>なに</ruby>も → _____

2 請將下列單字翻譯為日文。

1 書桌 → _____

2 上 → _____

3 什麼 → _____

4 有嗎？ → _____

5 鉛筆 → _____

6 ～和 → _____

7 原子筆 → _____

8 橡皮擦 → _____

9 ～等 → _____

10 字典 → _____

11 沒有 → _____

12 下面 → _____

13 什麼都 → _____

3 請將下列句子翻譯為日文。

1 書桌上面有什麼？

→ _____

2 有鉛筆、原子筆和橡皮擦等。

→ _____

3 沒有字典。

→ _____

4 椅子下面有什麼？

→ _____

5 不，什麼都沒有。

→ _____

4 請聽下列句子選出正確答案。

1 🎧 02-08-01 題目 書桌上面有什麼？

① ノート、本、消しゴム

② ノート、本、鉛筆

③ ノート、本

④ かばん、本、鉛筆

2　🎧 02-08-02　題目 椅子下面有什麼？

① ノートが あります。

② かばんが あります。

③ 何も ありません。

④ 本が あります。

5　請聽下列對話後填空。🎧 02-08-03

男1 _____に 何が ありますか。

男2 鉛筆や ボールペンや 消しゴム などが _____。

男1 _____も ありますか。

男2 いいえ、辞書は _____。

男1 _____に _____ ありますか。

男2 いいえ、_____。

誰が いますか。

有誰？

1 請寫出下列日文的涵義。

1 誰（だれ） → _____

2 いますか → _____

3 父（ちち） → _____

4 弟（おとうと） → _____

5 います → _____

6 母（はは） → _____

7 いません → _____

8 台所（だいどころ） → _____

9 居間（いま） → _____

10 誰（だれ）か → _____

11 誰（だれ）も → _____

2 請將下列單字翻譯為日文。

1 誰 → _____

2 有嗎？（人、動物） → _____

3 爸爸 → _____

4 弟弟 → _____

5 有（人、動物） → _____

6 媽媽 → _____

7 沒有（人、動物） → _____

8 廚房 → _____

9 客廳 → _____

10 誰 → _____

11 誰都 → _____

3 請將下列句子翻譯為日文。

1 房間裡面有誰呢？

→ _____

2 有爸爸和弟弟。

→ _____

3 媽媽不在。

→ _____

4 有誰在客廳嗎？

→ _____

5 不，什麼人都沒有

→ _____

4 請聽下列句子選出正確答案。

1 🎧 02-09-01 題目 房間裡面有誰呢？

① 母と 父

② 父と 弟と 母

③ 母と 父と 私

④ 母と 父と 弟

2　🎧 02-09-02　題目 辦公室裡面有誰呢？

　① 田中さんと　鈴木さん

　② 田中さんと　山田さんと　鈴木さん

　③ 鈴木さんと　山田さん

　④ 田中さんと　山田さん

5　請聽下列對話後填空。🎧 02-09-03

男1　　＿＿＿＿＿＿＿に　誰が　いますか。

男2　父と　弟が　＿＿＿＿＿＿。

男1　　＿＿＿＿＿＿も　いますか。

男2　いいえ、母は　＿＿＿＿＿＿。母は　台所に　います。

男1　居間に　＿＿＿＿＿　いますか。

男2　いいえ、＿＿＿＿＿＿＿＿＿＿。

10

なん じ
何時に お
起きますか。

幾點起床呢？

1 請寫出下列日文的涵義。

1 起きる（お） → _____

2 それから → _____

3 何を（なに） → _____

4 する → _____

5 朝ごはん（あさ） → _____

6 ～を → _____

7 テレビ → _____

8 見る（み） → _____

9 朝（あさ） → _____

10 うち → _____

11 出る（で） → _____

2 請將下列單字翻譯為日文。

1　起床　　　　→ _____

2　之後　　　　→ _____

3　什麼　　　　→ _____

4　做　　　　　→ _____

5　早餐　　　　→ _____

6　受格助詞　　→ _____

7　電視　　　　→ _____

8　看　　　　　→ _____

9　早上　　　　→ _____

10　家　　　　　→ _____

11　出來；出去　→ _____

3 請將下列句子翻譯為日文。

1　你幾點起床呢？

　　→ _____

2 做什麼呢？

→ _____

3 吃早餐。

→ _____

4 不看電視。

→ _____

5 8點出門。

→ _____

4 請聽下列句子選出正確答案。

1 🎧 02-10-01 題目 田中_{たなか}さんは 何時_{なんじ}に 起_おきますか。

① 6時_{ろくじ}

② 7時_{しちじ}

③ 8時_{はちじ}

④ 9時_{くじ}

2 🎧 02-10-02 題目 田中さんは 朝ごはんを 食べますか。

① 食べます。

② 食べません。

③ 食べませんでした。

④ 食べました。

5 請聽下列對話後填空。 🎧 02-10-03

男　あなたは 何時に ＿＿＿＿＿＿。

女　私は ＿＿＿＿＿＿に 起きます。

男　それから、＿＿＿＿＿＿ しますか。

女　朝ごはんを ＿＿＿＿＿＿。

男　テレビを ＿＿＿＿＿＿。

女　いいえ。朝は、テレビは ＿＿＿＿＿＿。

男　何時に ＿＿＿＿＿＿ 出ますか。

女　8時に うちを ＿＿＿＿＿＿。

CHAPTER
11

電車で 行きます。

坐電車去。

1 請寫出下列日文的涵義。

1 会社 _{かいしゃ} → _____

2 行く _い → _____

3 電車 _{でんしゃ} → _____

4 何分 _{なんぷん} → _____

5 ～くらい(ぐらい) → _____

6 かかる → _____

7 仕事 _{しごと} → _____

8 すぐ → _____

9 帰る _{かえ} → _____

10 たまに → _____

11 友だち _{とも} → _____

12 〜に 会う → _____

13 たいてい → _____

2 請將下列單字翻譯為日文。

1 公司 → _____

2 去 → _____

3 電車 → _____

4 幾分 → _____

5 〜左右 → _____

6 花費 → _____

7 工作、業務 → _____

8 立刻 → _____

9 回去 → _____

10 偶爾 → _____

11 朋友 → _____

12 〜見面 → _____

13 大概 → _____

3 請將下列句子翻譯為日文。

1 你坐什麼去公司？

→ _____

2 坐電車去公司。

→ _____

3 需要30分鐘左右。

→ _____

4 工作嗎？

→ _____

5 偶爾會跟朋友見面。

→ _____

4 請聽下列句子選出正確答案。

🎧 02-11-01 題目1 何時<ruby>何時<rt>なんじ</rt></ruby>まで <ruby>学校<rt>がっこう</rt></ruby>に いますか。
題目2 <ruby>何時<rt>なんじ</rt></ruby>に うちへ <ruby>帰<rt>かえ</rt></ruby>りますか。

題目1　① 3時
　　　　② 4時
　　　　③ 5時
　　　　④ 6時

題目2　① 3時
　　　　② 4時
　　　　③ 5時
　　　　④ 6時

5 請聽下列對話後填空。 🎧 02-11-02

男　＿＿＿＿＿＿　何で　＿＿＿＿＿＿。

女　会社は　＿＿＿＿＿＿　行きます。

男　会社までは　何分ぐらい　＿＿＿＿＿＿。

女　30分＿＿＿＿＿＿　かかります。

男　何時から　何時まで　＿＿＿＿＿＿を　しますか。

女　9時から　6時までです。

男　＿＿＿＿＿＿　うちへ　＿＿＿＿＿＿。

女　＿＿＿＿＿＿　友だち＿＿＿＿＿＿　会いますが、

　　たいてい　うちへ　帰ります。

CHAPTER

12

映画を 見ましたか。

看了電影嗎？

1 請寫出下列日文的涵義。

1 昨日 <small>きのう</small> → _____

2 映画 <small>えいが</small> → _____

3 残業 <small>ざんぎょう</small> → _____

4 残念だ <small>ざんねん</small> → _____

5 後 <small>あと</small> → _____

6 一杯 <small>いっぱい</small> → _____

7 飲む <small>の</small> → _____

8 おいしい → _____

9 もの → _____

10 たくさん → _____

11 気持ち <small>きもち</small> → _____

12 よかったです　　→ _____

2 請將下列單字翻譯為日文。

1 昨天　　　　　→ _____

2 電影　　　　　→ _____

3 加班　　　　　→ _____

4 遺憾　　　　　→ _____

5 後，之後　　　→ _____

6 一杯　　　　　→ _____

7 喝　　　　　　→ _____

8 好吃　　　　　→ _____

9 東西　　　　　→ _____

10 很多　　　　　→ _____

11 心情　　　　　→ _____

12 好（過去）　　→ _____

3 請將下列句子翻譯為日文。

1 昨天看了電影嗎？

　→ ＿＿＿＿＿＿＿＿＿＿＿＿＿＿＿＿＿＿＿＿＿＿＿＿

2 不，沒看。

　→ ＿＿＿＿＿＿＿＿＿＿＿＿＿＿＿＿＿＿＿＿＿＿＿＿

3 待在公司。

　→ ＿＿＿＿＿＿＿＿＿＿＿＿＿＿＿＿＿＿＿＿＿＿＿＿

4 下班後，喝了一杯。

　→ ＿＿＿＿＿＿＿＿＿＿＿＿＿＿＿＿＿＿＿＿＿＿＿＿

5 也吃了很多好吃的東西。

　→ ＿＿＿＿＿＿＿＿＿＿＿＿＿＿＿＿＿＿＿＿＿＿＿＿

4 請聽下列句子選出正確答案。

🎧 02-12-01 題目1 田中さんは 何を しましたか。
題目2 鈴木さんは 何を しましたか。

題目1 ① ごはんを 食べました。

② コーヒーを 飲みました。

③ テレビを 見ました。

④ 映画を 見ました。

題目2 ① 会社へ 行きました。

② 本を 読みました。

③ うちに いました。

④ うちに ありました。

5 請聽下列對話後填空。🎧 02-12-02

男 ＿＿＿＿＿＿、映画を ＿＿＿＿＿＿。

女 いいえ、＿＿＿＿＿＿＿＿＿。

　　＿＿＿＿＿＿で、会社に ＿＿＿＿＿＿。

男 ＿＿＿＿＿＿でしたね。

女 でも、残業の ＿＿＿＿＿＿、＿＿＿＿＿＿ 飲みました。

　　おいしい もの、たくさん ＿＿＿＿＿＿。

　　＿＿＿＿＿＿よかったですよ。

CHAPTER

ゆっくり 休んで ください。

請好好休息。

1 請寫出下列日文的涵義。

1 遅く → _____

2 コーヒー → _____

3 静かに → _____

4 読む → _____

5 午後 → _____

6 買い物 → _____

7 ～に 行く → _____

8 明日 → _____

9 早く → _____

10 寝る → _____

11 それじゃ → _____

12 ゆっくり → _____

13 休<ruby>む<rt>やす</rt></ruby> → _____

2 請將下列單字翻譯為日文。

1 很晚 → _____

2 咖啡 → _____

3 安靜地 → _____

4 讀 → _____

5 下午 → _____

6 購物 → _____

7 去做～ → _____

8 明天 → _____

9 快 → _____

10 睡覺 → _____

11 那麼 → _____

12 好好地，慢慢地 → _____

13 休息 → _____

3 請將下列句子翻譯為日文。

1 因為很晚起床，喝了咖啡。

→ _____

2 安靜地看書，又在電視上看了電影。

→ _____

3 下午去逛了街。

→ _____

4 那麼請好好休息。

→ _____

4 請聽下列句子選出正確答案。

🎧 02-13-01 [題目1] 朝ごはんを 食べて 何を しましたか。
[題目2] 何を して うちへ 帰りましたか。

[題目1] ① 本を 読みました。

② 映画を 見ました。

③ コーヒーを 飲みました。

④ 寝ました。

題目2　① 本を 読んで うちへ 帰りました。

② 映画を 見て うちへ 帰りました。

③ コーヒーを 飲んで うちへ 帰りました。

④ 晩ごはんを 食べて うちへ 帰りました。

5 請聽下列對話後填空。🎧 02-13-02

男　今日、＿＿＿＿＿＿ しましたか。

女　＿＿＿＿＿＿ ＿＿＿＿＿＿、コーヒーを ＿＿＿＿＿＿。

　　それから ＿＿＿＿＿＿本を ＿＿＿＿＿＿、

　　テレビで 映画を 見ました。

　　午後は ＿＿＿＿＿＿に 行きました。

男　そうですか。＿＿＿＿＿＿の ため ＿＿＿＿＿＿＿＿＿＿。

女　はい、早く 寝ます。

男　それじゃ ゆっくり ＿＿＿＿＿＿＿＿＿＿。

何を して いますか。
現在在做什麼？

1 請寫出下列日文的涵義。

1 今
いま
→ ＿＿＿＿＿＿＿＿＿＿＿

2 音楽
おんがく
→ ＿＿＿＿＿＿＿＿＿＿＿

3 聞く
き
→ ＿＿＿＿＿＿＿＿＿＿＿

4 公園
こうえん
→ ＿＿＿＿＿＿＿＿＿＿＿

5 有名だ
ゆうめい
→ ＿＿＿＿＿＿＿＿＿＿＿

6 歌手
か しゅ
→ ＿＿＿＿＿＿＿＿＿＿＿

7 歌
うた
→ ＿＿＿＿＿＿＿＿＿＿＿

8 歌う
うた
→ ＿＿＿＿＿＿＿＿＿＿＿

9 道が 混む
みち こ
→ ＿＿＿＿＿＿＿＿＿＿＿

10 大丈夫だ
だいじょう ぶ
→ ＿＿＿＿＿＿＿＿＿＿＿

2 請將下列單字翻譯為日文。

1 現在 → _____

2 音樂 → _____

3 聽 → _____

4 公園 → _____

5 有名 → _____

6 歌手 → _____

7 歌 → _____

8 唱歌 → _____

9 塞車，路上擁擠 → _____

10 沒關係 → _____

3 請將下列句子翻譯為日文。

1 正在聽音樂。

→ _____

2 要不要去公園？

→ _____

3 現在公園有個有名的歌手在唱歌。

→ _____

4 走吧！

→ _____

4 請聽下列句子選出正確答案。

🎧 02-14-01 題目1 田中さんは 何を して いますか。
題目2 何で 公園へ 行きますか。

題目1 ① 映画を 見て います。

② 友だちに 会って います。

③ 友だちを 待って います。

④ おいしい ものを 食べて います。

題目2 ① バスで 行きます。

② 車で 行きます。

③ タクシーで 行きます。

④ 電車で 行きます。

5 請聽下列對話後填空。🎧 02-14-02

男 ゆりえさん、今 何を ＿＿＿＿＿＿。

女 音楽を ＿＿＿＿＿＿ います。

男 そうですか。＿＿＿＿＿＿へ ＿＿＿＿＿＿。

今、＿＿＿＿＿＿で 有名な 歌手が 歌を ＿＿＿＿＿＿。

女 今、道が ＿＿＿＿＿＿ いませんか。

男 ＿＿＿＿＿＿ですよ。＿＿＿＿＿＿。

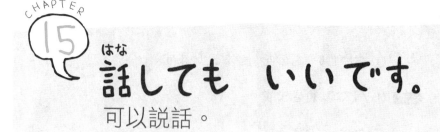

話しても いいです。

可以説話。

1 請寫出下列日文的涵義。

1 博物館 <small>はくぶつかん</small> → _____

2 小さい <small>ちい</small> → _____

3 声 <small>こえ</small> → _____

4 話す <small>はな</small> → _____

5 写真 <small>しゃしん</small> → _____

6 撮る <small>と</small> → _____

7 絵 <small>え</small> → _____

8 触る <small>さわ</small> → _____

9 走る <small>はし</small> → _____

10 食べ物 <small>た もの</small> → _____

11 入る <small>はい</small> → _____

2 請將下列單字翻譯為日文。

1 博物館 → _____

2 小 → _____

3 聲音 → _____

4 說話 → _____

5 照片 → _____

6 拍照 → _____

7 圖畫 → _____

8 摸 → _____

9 奔跑，跑 → _____

10 食物 → _____

11 進去，進來 → _____

3 請將下列句子翻譯為日文。

1 可以小聲說話。

→ _____

2 也能拍照。

→ _____

3 不能奔跑。

→ _____

4 不能吃東西。

→ _____

4 請聽下列句子選出正確答案。

1 🎧 02-15-01 [題目] 何を して うちへ 帰っても いいですか。

① 勉強を して うちへ 帰っても いいです。

② 仕事を して うちへ 帰っても いいです。

③ 運動を して うちへ 帰っても いいです。

④ 買い物を して うちへ 帰っても いいです。

2 🎧 02-15-02 [題目] ここでは 何を しては いけませんか。

① 電話を しては いけません。

② 食べ物を 食べては いけません。

③ 写真を 撮っては いけません。

④ 話しては いけません。

5 請聽下列對話後填空。🎧 02-15-03

女1 この 博物館では ＿＿＿＿＿ 声では ＿＿＿＿＿ いいです。

　　写真を ＿＿＿＿＿ いいです。

男 　そうですか。絵 ＿＿＿＿＿ 触っても ＿＿＿＿＿。

女1 いいえ、絵に ＿＿＿＿＿ いけません。そして

　　＿＿＿＿＿ いけません。

女2 わかりました。＿＿＿＿＿ は 食べては いけませんね。

女1 はい、そうです。＿＿＿＿ ＿＿＿＿ ください。

正確答案

1
1	初次見面	**2**	我
3	主格助詞	**4**	是～
5	請	**6**	多多
7	指教	**8**	我（男子自稱）
9	我才是	**10**	你
11	學生	**12**	是～嗎？
13	不	**14**	不是～

2
1	はじめまして	**2**	わたし
3	～は	**4**	～です
5	どうぞ	**6**	よろしく
7	おねがいします	**8**	ぼく
9	こちらこそ	**10**	あなた
11	がくせい	**12**	～ですか
13	いいえ		
14	～じゃ ありません		

3
1 はじめまして。
2 どうぞ よろしく おねがいします。
3 わたしは キム・シウです。
4 あなたは がくせいですか。
5 いいえ、わたしは がくせいじゃ
ありません。

4 1 ③

聽稿
A あなたは がくせいですか。
B いいえ、わたしは がくせいじゃ あり
ません。わたしは かいしゃいんです。

A 你是學生嗎？
B 不，我不是學生。我是上班族。

5 男 はじめまして。ぼくは キム・シウで
す。どうぞ よろしく おねがいしま
す。
女 はじめまして。わたしは たなか ゆ
りえです。
こちらこそ どうぞ よろしく。
男 あなたは がくせいですか。
女 いいえ、わたしは がくせいじゃ あ
りません。かいしゃいんです。

1
1	這個	**2**	什麼
3	那個	**4**	日語
5	～的	**6**	書
7	～也	**8**	朋友
9	～的東西	**10**	那麼
11	筆記本	**12**	是（肯定的回答）

2　**1**　これ　　　　　　　**2**　なん
　　3　それ　　　　　　　**4**　にほんご
　　5　〜の　　　　　　　**6**　ほん
　　7　〜も　　　　　　　**8**　ともだち
　　9　〜のです　　　　　**10**　では
　　11　ノート　　　　　　**12**　はい

3　**1**　これは　なんですか。
　　2　それは　にほんごの　ほんです。
　　3　これも　あなたの　ほんですか。
　　4　ともだちのです。

4　**1**　③

聽稿

A　これは　あなたの　ほんですか。
B　いいえ、わたしの　ほんじゃ　ありません。ともだちのです。

A　這是你的書嗎？
B　不，不是我的書。是朋友的。

5　女　これは　なんですか。
　　男　それは　わたしの　にほんごの　ほんです。
　　女　あれも　シウさんの　ほんですか。
　　男　いいえ、あれは　わたしの　ほんじゃ　ありません。ともだちの　スミスのです。
　　女　では、それも　スミスさんの　ノートですか。
　　男　いいえ、これは　わたしのです。

CHAPTER 3　模擬練習本 p.10

1　**1**　那裡
　　2　哪裡？
　　3　百貨公司
　　4　休息日
　　5　什麼時候？
　　6　每週
　　7　星期一
　　8　原來如此
　　9　昨天
　　10　（過去）是〜嗎？
　　11　拍賣、特賣
　　12　因為，所以
　　13　過去不是〜

2　**1**　あそこ
　　2　どこですか
　　3　デパート
　　4　やすみ
　　5　いつですか
　　6　まいしゅう
　　7　げつようび
　　8　そうですか
　　9　きのう
　　10　〜でしたか
　　11　セール
　　12　〜で
　　13　〜じゃ　ありませんでした

3　**1**　あそこは　JKデパートです。
　　2　デパートの　やすみは　いつですか。
　　3　きのうは　やすみでしたか。
　　4　やすみじゃ　ありませんでした。

4 **1** ④ **2** ②

きょうは きんようびです。

今天是星期五。

A きのうは がっこうの やすみでしたか。

B いいえ、がっこうの やすみじゃ あ
りませんでした。デパートの やすみ
でした。

A 昨天是學校的休息日嗎？

B 不，不是學校的休息日。是百貨公司的休息日。

5 男1 あそこは どこですか。

男2 あそこは JKデパートです。

男1 あ、デパートですか。デパートの や
すみは いつですか。

男2 デパートの やすみは まいしゅう げ
つようびです。

男1 そうですか。では、きのうは やすみ
でしたか。

男2 いいえ、きのうは セールで、やすみ
じゃ ありませんでした。

CHAPTER 4 模擬練習本 p.14

1 **1** 超市 **2** 幾點

3 ～起 **4** ～為止

5 上午 **6** 下午

7 水果 **8** 便宜

9 好吃 **10** 蔬菜

11 肉 **12** 魚

---

2 **1** スーパー **2** なんじ

3 ～から **4** ～まで

5 ごぜん **6** ごご

7 くだもの **8** やすい

9 おいしい **10** やさい

11 にく **12** さかな

3 **1** スーパーは ごぜん くじから ごご
じゅうじまでです。

2 やすくて おいしいです。

3 やさいと にくも やすいです。

4 さかなは やすく ありません。

4 **1** ③ **2** ②

やさいは とても やすいです。にくは
やすく ありません。

蔬菜非常便宜。肉不便宜。

A スーパーは なんじから なんじまで
ですか。

B ごぜん じゅうじから ごご しちじま
でです。

A 超市從幾點開到幾點。

B 超市從早上10點到晚上7點。

5 男 スーパーは なんじから なんじまで
ですか。

女 スーパーは ごぜん くじから ごご
じゅうじまでです。

男 そうですか。スーパーの くだものは
どうですか。

女 やすくて おいしいです。やさいと
　にくも やすいです。
男 さかなも やすいですか。
女 いいえ、さかなは やすく ありません。

CHAPTER 5　模擬練習本 p.18

1
1 蘋果　　　　　　**2** 多少錢？
3 一　　　　　　　**4** 400
5 日圓（日本貨幣單位）
6 三個　　　　　　**7** 1,000
8 新鮮　　　　　　**9** 梨子（水果）
10 喜歡　　　　　　**11** ～只

2
1 りんご　　　　　**2** いくらですか
3 ひとつ　　　　　**4** よんひゃく
5 ～えん　　　　　**6** みっつ
7 せん　　　　　　**8** しんせんだ
9 なし　　　　　　**10** すきだ
11 ～だけ

3
1 ひとつ よんひゃくえんです。
2 しんせんで おいしいです。
3 なしは すきじゃ ありません。
4 りんごだけが すきです。

4 **1** ②　**2** ①

聽稿 1
A りんごは いくらですか。
B りんごは いつつで せんえんです。

A 蘋果多少錢？
B 蘋果5顆1000日圓。

聽稿 2
A たなかさん、なしが すきですか。
B いいえ、なしは すきじゃ ありません。
　わたしは りんごだけが すきです。

A 田中，你喜歡梨子嗎？
B 不，我不喜歡梨子。我只喜歡蘋果。

5 男 りんごは いくらですか。
女1 ひとつ よんひゃくえん、
　　みっつで せんえんです。
女2 おいしいですか。
女1 この りんごは しんせんで おいしい
　　です。この なしも おいしいです。
男 なしは すきじゃ ありません。りん
　　ごだけが すきです。

CHAPTER 6　模擬練習本 p.22

1
1 漂亮，乾淨　　　　**2** 裙子
3 是～呢　　　　　　**4** 想要
5 雖然～　　　　　　**6** 昂貴
7 是～　　　　　　　**8** 那樣
9 可愛　　　　　　　**10** 華麗
11 稍微　　　　　　　**12** 樸素

2
1 きれいだ　　　　　**2** スカート
3 ～ですね　　　　　**4** ほしい
5 ～ですが　　　　　**6** たかい
7 ～ですよ　　　　　**8** そんなに
9 かわいい　　　　　**10** はでだ

11 すこし **12** じみだ

3 **1** きれいな スカートですね。
2 きれいで そんなに たかく ありません。
3 かわいい スカートですが、はでです。
4 すこし じみな スカートが ほしいです。

4 **1** ④ **2** ①

わたしは スカートが ほしいです。すこ
し じみで やすい スカートが ほしい
です。

我想要裙子。我想要稍微樸素又便宜的裙子。

A たなかさん、あなたは くだものが
すきですか。
B はい、すきです。いま、りんごが ほ
しいです。

A 田中，你喜歡水果嗎？
B 對，我喜歡。現在想要蘋果。

5 男 これ、<u>どうですか</u>。
女 ええ、<u>きれいな</u> スカートですね。
ほしいですが、<u>たかいですよ</u>。
男 では、これは どうですか。<u>かわいく</u>
<u>て</u> そんなに <u>たかく ありません</u>。
女 <u>かわいい</u> スカートですが、<u>はでです</u>。
すこし <u>じみな</u> スカート<u>が</u> ほしいで
す。

CHAPTER 7 模擬練習本 p.26

1 **1** 英文 **2** 考試
3 怎麼樣？ **4** 簡單
5 非常 **6** 困難
7 辛苦 **8** 不過，可是
9 日文 **10** 完全不
11 太好了

2 **1** えいご **2** しけん
3 どうでしたか **4** かんたんだ
5 とても **6** むずかしい
7 たいへんだ **8** でも
9 にほんご **10** ぜんぜん
11 よかった

3 **1** かんたんじゃ ありませんでした。
2 とても むずかしかったです。
3 たいへんでしたね。
4 むずかしく ありませんでした。

4 **1** ② **2** ③

スカートが ほしいですが、たかかったで
す。すこし やすい ものが ほしかったです。

我想要裙子，但是太貴了。我想要便宜一點的。

えいごの しけんは とても むずかし
かったですが、にほんごの しけんは む
ずかしく ありませんでした。

英文考試非常困難，不過日文考試不困難。

5 男1 えいごの しけんは どうでしたか。

男2 かんたんじゃ ありませんでした。と
ても むずかしかったです。

男1 たいへんでしたね。

男2 でも、にほんごは ぜんぜん むずか
しく ありませんでした。

男1 それは よかったですね。

CHAPTER 8 模擬練習本 p.30

1
1 書桌	**2** 上
3 什麼	**4** 有嗎？
5 鉛筆	**6** ～和
7 原子筆	**8** 橡皮擦
9 ～等	**10** 字典
11 沒有	**12** 下面
13 什麼都	

2
1 机	**2** 上
3 何が	**4** ありますか
5 鉛筆	**6** ～や
7 ボールペン	**8** 消しゴム
9 ～など	**10** 辞書
11 ありません	**12** 下
13 何も	

3 **1** 机の 上に 何が ありますか。
2 鉛筆や ボールペンや 消しゴム
などが あります。
3 辞書は ありません。
4 椅子の 下に 何か ありますか。
5 いいえ、何も ありません。

---

4 **1** ② **2** ③

聴稿1

A 机の 上に 何が ありますか。
B 机の 上に ノートや 本や 鉛筆
などが あります。

A 書桌上面有什麼？
B 有筆記本、書和鉛筆等。

聴稿2

A 椅子の 上に かばんが ありますか。
B いいえ、椅子の 上に 本が あります。
A では、椅子の 下に かばんが ありま
すか。
B いいえ、椅子の 下には 何も ありま
せん。

A 椅子上面有書包嗎？
B 不，椅子上面有書。
A 那麼，椅子下面有書包嗎？
B 不，椅子下面什麼都沒有。

5 男1 机の 上に 何が ありますか。
男2 鉛筆や ボールペンや 消しゴム
などが あります。
男1 辞書も ありますか。
男2 いいえ、辞書は ありません。
男1 椅子の 下に 何か ありますか。
男2 いいえ、何も ありません。

1　**1**　誰

　　2　有嗎？（人、動物）

　　3　爸爸

　　4　弟弟

　　5　有（人、動物）

　　6　媽媽

　　7　沒有（人、動物）

　　8　廚房

　　9　客廳

　　10　誰

　　11　誰都

2　**1**　誰（だれ）　　　　**2**　いますか

　　3　父（ちち）　　　　**4**　弟（おとうと）

　　5　います　　　　　 **6**　母（はは）

　　7　いません　　　　**8**　台所（だいどころ）

　　9　居間（いま）　　　**10**　誰か（だれか）

　　11　誰も（だれも）

3　**1**　部屋（へや）の 中（なか）に 誰（だれ）が いますか。

　　2　父（ちち）と 弟（おとうと）が います。

　　3　母（はは）は いません。

　　4　居間（いま）に 誰か（だれか）いますか。

　　5　いいえ、誰も（だれも） いません。

4　**1** ③　**2** ④

聽稿 1

Ａ　部屋（へや）の 中（なか）に 誰（だれ）が いますか。

Ｂ　部屋（へや）の 中（なか）に 母（はは）と 父（ちち）と 私（わたし）が います。

―――――――――――

Ａ　房間裡面有誰呢？

Ｂ　房間裡面有媽媽、爸爸和我。

聽稿 2

Ａ　事務室（じむしつ）に 誰（だれ）が いますか。

Ｂ　田中（たなか）さんと 山田（やまだ）さんが います。

Ａ　鈴木（すずき）さんも いますか。

Ｂ　いいえ、鈴木（すずき）さんは いません。

―――――――――――

Ａ　辦公室內有誰呢？

Ｂ　有田中和山田。

Ａ　鈴木也在嗎？

Ｂ　不，鈴木不在。

5　男1　部屋（へや）の 中（なか）に 誰（だれ）が いますか。

　　男2　父（ちち）と 弟（おとうと）が います。

　　男1　お母（かあ）さんも いますか。

　　男2　いいえ、母（はは）は いません。

　　　　　母（はは）は 台所（だいどころ）に います。

　　男1　居間（いま）に 誰か（だれか） いますか。

　　男2　いいえ、誰も（だれも） いません。

1　**1**　起床

　　2　之後

　　3　什麼

　　4　做

　　5　早餐

　　6　受格助詞

　　7　電視

　　8　看

　　9　早上

　　10　家

　　11　出來；出去

2 1 起きる   2 それから
3 何_{なに}を   4 する
5 朝_{あさ}ごはん   6 〜を
7 テレビ   8 見_みる
9 朝_{あさ}   10 うち
11 出_でる

3 1 あなたは 何時_{なんじ}に 起_おきますか。
2 何_{なに}を しますか。
3 朝_{あさ}ごはんを 食_たべます。
4 テレビは 見_みません。
5 8時_{はちじ}に うちを 出_でます。

4 1 ③   2 ②

聽稿 1
A あなたは 7時_{しちじ}に 起_おきますか。
B はい。田中_{たなか}さんも 7時_{しちじ}に 起_おきますか。
A いいえ、僕_{ぼく}は 8時_{はちじ}に 起_おきます。

A 你7點起床嗎？
B 對，田中也7點起床嗎？
A 不，我8點起床。

聽稿 2
田中_{たなか}さんは 7時_{しちじ}に 起_おきます。それから、コーヒーを 飲_のみます。朝_{あさ}ごはんは 食_たべません。テレビを 見_みます。8時_{はちじ}に うちを 出_でます。

田中7點起床。之後喝咖啡。不吃早餐。看電視。8點出門。

5 男 あなたは 何時_{なんじ}に 起_おきますか。

女 私_{わたし}は 7時_{しちじ}に 起_おきます。
男 それから、何_{なに}を しますか。
女 朝_{あさ}ごはんを 食_たべます。
男 テレビを 見_みますか。
女 いいえ。朝_{あさ}は、テレビは 見_みません。
男 何時_{なんじ}に うちを 出_でますか。
女 8時_{はちじ}に うちを 出_でます。

CHAPTER 11 模擬練習本 p.42

1 1 公司   2 去
3 電車   4 幾分
5 〜左右   6 花費
7 工作、業務   8 立刻
9 回去   10 偶爾
11 朋友   12 〜見面
13 大概

2 1 会社_{かいしゃ}   2 行_いく
3 電車_{でんしゃ}   4 何分_{なんぷん}
5 〜くらい(ぐらい)   6 かかる
7 仕事_{しごと}   8 すぐ
9 帰_{かえ}る   10 たまに
11 友_{とも}だち   12 〜に 会_あう
13 たいてい

3 1 会社_{かいしゃ}は 何_{なに}で 行_いきますか。
2 電車_{でんしゃ}で 行_いきます。
3 30分_{さんじゅっぷん}ぐらい かかります。
4 仕事_{しごと}を しますか。
5 たまに 友_{とも}だちに 会_あいます。

4 題目1 ② 題目2 ③

聴稿

私は 8時に うちを 出ます。それから、午後 4時まで 学校に います。たまに、友だちに 会いますが、5時には うちへ 帰ります。

我8點出門。之後到下午4點都待在學校。偶爾會和朋友見面，但是5點會回家。

5 男 会社は 何で 行きますか。
  女 会社は 電車で 行きます。
  男 会社までは 何分ぐらい かかりますか。
  女 ３０分ぐらい かかります。
  男 何時から 何時まで 仕事を しますか。
  女 ９時から ６時までです。
  男 すぐ うちへ 帰りますか。
  女 たまに 友だちに 会いますが、たいてい うちへ 帰ります。

CHAPTER 12 模擬練習本 p.46

1 1 昨天　　　　2 電影
　3 加班　　　　4 遺憾
　5 後，之後　　6 一杯
　7 喝　　　　　8 好吃
　9 東西　　　　10 很多
　11 心情　　　　12 好（過去）

2 1 昨日　　　　2 映画
　3 残業　　　　4 残念だ

5 後　　　　　　6 一杯
7 飲む　　　　　8 おいしい
9 もの　　　　　10 たくさん
11 気持ち　　　　12 よかったです

3 1 昨日、映画を 見ましたか。
　2 いいえ、見ませんでした。
　3 会社に いました。
　4 残業の 後、一杯 飲みました。
　5 おいしい もの、たくさん 食べました。

4 題目1 ④ 題目2 ③

聴稿

A 昨日、田中さんは 何を しましたか。
B 私は 映画を 見ました。それから、友だちに 会いました。鈴木さんは 何を しましたか。
A うちに いました。

A 昨天田中做了什麼？
B 我看了電影。之後和朋友見面。
　鈴木做了什麼呢？
A 我待在家。

5 男 昨日、映画を 見ましたか。
  女 いいえ、見ませんでした。残業で、会社に いました。
  男 残念でしたね。
  女 でも、残業の 後、一杯 飲みました。おいしい もの、たくさん 食べました。気持ち よかったですよ。

CHAPTER 13 模擬練習本 p.50

1
1	很晚	2	咖啡
3	安靜地	4	讀
5	下午	6	購物
7	去做～	8	明天
9	快	10	睡覺
11	那麼	12	好好地，慢慢地
13	休息		

2
1	遅く	2	コーヒー
3	静かに	4	読む
5	午後	6	買い物
7	～に 行く	8	明日
9	早く	10	寝る
11	それじゃ	12	ゆっくり
13	休む		

3
1 遅く 起きて コーヒーを 飲みました。
2 静かに 本を 読んで、テレビで 映画を 見ました。
3 午後は 買い物に 行きました。
4 じゃ、ゆっくり 休んで ください。

4 題目1 ③ 題目2 ④

聽稿
私は 朝 起きて ごはんを 食べて コーヒーを 飲みました。それから、友だちに 会って 映画を 見ました。そして、買い物を しました。晩ごはんを 食べて 遅く うちへ 帰りました。

―――――――――――――――――
我早上起床，吃飯後喝了咖啡。之後和朋友見面看了電影。接著逛了街。吃完晚餐後，很晚才回家。

5
男 今日、何を しましたか。
女 遅く 起きて、コーヒーを 飲みました。それから 静かに 本を 読んで、テレビで 映画を 見ました。午後は 買い物に 行きました。
男 そうですか。明日の ため 早く 寝て ください。
女 はい、早く 寝ます。
男 それじゃ ゆっくり 休んで ください。

CHAPTER 14 模擬練習本 p.54

1
1	現在	2	音樂
3	聽	4	公園
5	有名	6	歌手
7	歌	8	唱歌
9	塞車，路上擁擠		
10	沒關係		

2
1	今	2	音楽
3	聞く	4	公園
5	有名だ	6	歌手
7	歌	8	歌う
9	道が 混む	10	大丈夫だ

3
1 音楽を 聞いて います。
2 公園へ 行きませんか。
3 今 公園で 有名な 歌手が 歌を 歌って います。
4 行きましょう。

4 題目1 ③ 題目2 ④

聴稿1

Ⓐ 田中さんは 今 何を して いますか。
友だちを 待って います。
友だちに 会って 何を しますか。
Ⓑ 電車で 公園へ 行きます。

Ⓐ 田中現在做什麼呢？
Ⓑ 正在等朋友。
Ⓐ 跟朋友見面要做什麼呢？
Ⓑ 要坐電車去公園。

5 男 ゆりえさん、今 何を して いますか。
女 音楽を 聞いて います。
男 そうですか。公園へ 行きませんか。
今、公園で 有名な 歌手が 歌を
歌って います。
女 今、道が 込んで いませんか。
男 大丈夫ですよ。行きましょう。

CHAPTER 15 模擬練習本 p.58

1 1 博物館　　　2 小
3 聲音　　　　4 説話
5 照片　　　　6 拍照
7 圖畫　　　　8 摸
9 奔跑，跑　　10 食物
11 進去，進來

2 1 博物館　　　2 小さい
3 声　　　　　4 話す
5 写真　　　　6 撮る
7 絵　　　　　8 触る
9 走る　　　　10 食べ物

11 入る

3 1 小さい 声では 話しても いいです。
2 写真を 撮っても いいです。
3 走っては いけません。
4 食べ物を 食べては いけません。

4 1 ②　2 ③

聴稿1

Ⓐ 今、うちへ 帰っても いいですか。
いいえ、帰っては いけません。仕事
を して 帰って ください。

Ⓐ 現在可以回家嗎？
Ⓑ 不，不能回去。請做完工作後回去。

聴稿2

ここでは 話しても いいです。電話を
しても いいです。写真を 撮っては
いけません。食べ物を 食べても いいで
す。

這裡可以說話。也能打電話。不能拍照片。也不能
吃東西。

5 女1 この 博物館では 小さい 声では 話
しても いいです。写真を 撮っても
いいです。
男 そうですか。絵に 触っても いいで
すか。
女1 いいえ、絵に 触っては いけませ
ん。そして 走っては いけません。
女2 わかりました。食べ物は 食べては
いけませんね。
女1 はい、そうです。それじゃ 入って
ください。